G000067611

Tonino Benacquista

Tout à l'ego

Gallimard

à Alain et Bertrand

LA BOÎTE NOIRE

Il y a eu cet énorme rayon de lumière blanche. J'ai senti que mon corps s'élevait à l'aplomb, dans les ténèbres, à une vitesse folle. J'ai eu peur de heurter une borne invisible du cosmos. Un souffle d'air chaud m'a ramené sur terre et m'a couché, lentement, au beau milieu d'un pays d'horreur. Là, immobile, incapable de me hisser sur mes jambes ou même d'ouvrir les yeux, je n'ai pu que les entendre : chiens hurleurs et loups affamés, hyènes meurtries au rire aigre, feulements de fauves autour de ma carcasse. Le silence et l'oubli ont mis des siècles à tisser un cocon où, enfin, j'ai pu me lover tout entier.

Jusqu'à ce qu'un Dieu de miséricorde me rende la vue.

Et la vie

*

Une femme a poussé un soupir de soulagement quand je suis revenu à la conscience. J'ai cru qu'il

s'agissait d'une mère ou d'une sœur. C'était l'infirmière.

Pas de mal au crâne, pas d'angoisse particulière.
Ils ont dû me farcir les veines de morphine ou de
trucs comme ça. Elle me parle d'un accident et, tout
de suite, j'ai les phares de cette voiture dans les
yeux. L'onde de choc qui a suivi résonne encore
dans ma colonne vertébrale. Et puis, plus rien. Je lui
demande combien de temps a duré le *plus rien*. Une
nuit ? Une nuit seulement ? J'ai l'impression d'avoir
parcouru l'éternité en sens inverse et tout ça n'a
duré qu'une douzaine d'heures. Jusqu'où sont allés
ceux qui ont passé tout un hiver dans le coma ?

Mon père a demandé qu'on le rappelle dès mon
réveil. Je ne veux pas qu'il fasse le voyage jusqu'ici, je n'ai pas l'intention de moisir longtemps
dans cette clinique perdue dans les Pyrénées. Le
médecin doit passer pour me rassurer sur l'avenir.
Dans quelques jours, je redeviendrai celui que j'ai
toujours été. Dans quelques années cet accident ne
sera dans mon souvenir qu'un vague trou noir suivi
d'un court et interminable séjour dans un lit blanc
entouré de neige à perte de vue.

La voiture en question était une B.M.W. Personne
n'a rien pu faire pour le conducteur. J'ai l'intime
conviction de n'avoir commis aucune imprudence.
À sa manière, l'infirmière me le confirme : personne
dans le coin n'a jamais vu un véhicule prendre la
route des Goules à une vitesse pareille.

— On sait qui était ce type ?

— Un assureur basé à Limoges. L'autopsie dira s'il était soûl, mais c'est couru d'avance.

Tout à coup, je me sens beaucoup mieux. Un pochard a failli me coûter la vie et je bénis le ciel de ne pas avoir sa mort sur la conscience. La grande Faucheuse chamboule les esprits. Je dois concentrer toute mon énergie sur ma nouvelle vie, on ne ressuscite pas tous les jours. Il paraît que ceux qui ont vu la mort en face vivent le reste de leur existence dans la sérénité et la joie. Si c'est le cas, cela valait peut-être le coup.

L'infirmière a un comportement étrange, elle vaque autour de mon lit en me lançant des œillades à la dérobée, mi-amusée, mi-intriguée. Comme si j'étais une vedette. Cet accident ne m'a pourtant pas rendu amnésique : je m'appelle bien Laurent Aubier, j'ai trente-cinq ans, je répare des photocopieurs, je suis célibataire, et ma grande ambition dans l'existence est de décrocher le premier prix du concours Lépine. La femme en blanc confirme l'ensemble avec le sourire de celle qui sait tout, comme si elle connaissait le moindre rouage de ma vie. Je lui en fais la remarque, un peu agacé.

— J'en sais peut-être bien plus que vous-même, répond-elle en quittant la chambre.

*

J'ai rassuré tout ceux qui le désiraient par téléphone, parents et amis. Je ne pensais pas en avoir
tant. La plupart ne me demandent habituellement
que des photocopies gratuites. L'infirmière m'a apporté le dîner. Comment peuvent-ils promouvoir
l'idée d'un « hôpital à visage humain » s'ils ne
servent que de la bouffe que dénoncerait Amnesty
International ? Plus tard dans la soirée, je sonne
pour qu'elle vienne me débarrasser de ce récipient
plein de pisse dont je ne sais que faire. Comme tous
les alités du monde, je hais cette intimité avec une
femme que je ne connais pas. De son vivant, ma propre mère n'en a jamais vu autant, et mes fiancées
de passage, à Paris, ne m'ont même jamais entendu
éternuer.

— Ne regardez pas la télé trop tard, sinon je
viendrai moi-même l'éteindre.

— Vous prenez votre rôle trop au sérieux,
madame... madame... ?

— Janine.

— Je vous remercie de tout ce que vous faites
pour moi, madame Janine, mais la télé m'endor-
mira beaucoup plus vite que vos pilules. De toute
façon, j'ai l'impression d'avoir dormi pour les dix
ans à venir.

Elle me gronde gentiment, je la remercie d'un
sourire. Tout à coup, je réalise que cette brave dame
papillonne autour de moi depuis ce matin, sans aide
ni relâche.

— Je vous ai déjà veillé toute la nuit dernière, pendant votre coma. C'est une petite clinique, monsieur Aubier, et j'ai une collègue malade, une autre en vacances. Je vais essayer de dormir quelques heures. Si vous êtes moins bavard que la nuit dernière...

Je n'ai pas le temps de lui demander ce qu'elle veut dire, elle est déjà partie avec un petit clin d'œil qui se veut plein de malice. D'aussi loin que je me souvienne, personne ne m'a fait remarquer que je parlais en dormant, ni au pensionnat ni dans ma garçonnière où j'attire parfois quelques belles insomniaques. Pendant ces heures horribles, j'ai dû faire un carnaval de cauchemars. On veille sans doute les comateux pour éviter qu'ils ne s'agitent. En général, je me souviens de mes rêves, ils mêlent allégrement l'angoisse métaphysique, les films gore et les symboles bunuéliens. Janine a dû en entendre de belles. À moins que la nuit dernière je ne me sois repassé l'accident en boucle, avec un râle sinistre au moment de l'impact. Je dois oublier tout ça le plus vite possible. Le programme de télé que je viens de me concocter va sans doute m'y aider : un film de Jerry Lewis, un documentaire sur le varan du Komodo et, pour finir, la rediffusion du dernier festival de Bayreuth. Si mes calculs sont exacts, *Le Crépuscule des dieux* prendra fin au moment même où Janine m'apportera le petit déjeuner. La vie est trop courte et trop précieuse pour la passer à dormir.

*

— Ça sent encore le tabac dans votre chambre.

— Je sors quand, bordel ?

— Ce soir, je vous l'ai dit cent fois. Mais si vous tenez tant à vous agiter, on pourrait bien vous garder quelques jours de plus.

Fraîche et reposée, la Janine. Elle aurait mis une petite pointe de maquillage, ça ne m'étonnerait pas. Depuis le début de mon séjour ici, j'ai vu Marielle, Bernadette, Sylvie et Mme Béranger, toutes plus aimables les unes que les autres, mais aucune ne détrônera Janine dans mon cœur.

— Il est comment, votre mari ?

— Vous êtes bien indiscret, monsieur Aubier.

— Allez....

— Je ne suis pas mariée.

— Vous avez bien un amoureux, non ?

Ses joues rosissent à peine.

— Il est bien moins turbulent que vous.

— Dites, Janine... (je baisse d'un ton) on dit toujours que les infirmières sont nues sous leur blouse.

Elle hausse les épaules en donnant quelques gifles à un oreiller avant de le replacer sous ma tête.

— Ça restera un fantasme, si vous le voulez bien. D'ailleurs, question fantasmes, vous êtes déjà bien pourvu.

— Qu'est-ce que vous en savez?

— Imaginez un peu ce que dirait Betty si elle vous entendait me dire toutes ces idioties?

— ... Quelle Betty?

— Je ne serai pas là de toute la journée, mais je viendrai vous saluer avant votre départ.

— Ne vous foutez pas de moi! De quelle Betty voulez-vous parler?!

— Cette fois, vous ne l'avez pas volé, monsieur Aubier. Passez une bonne journée quand même...

— Janine, revenez ici IMMÉDIATEMENT!

La garce!

Elle n'a pas daigné reparaître de toute la journée Le convalescent que je suis l'a pistée, sans succès, dans toute la clinique. Betty... J'aurais parlé d'une Betty durant mon sommeil? Je ne connais aucune Betty.

Ou bien si.

Mais ça semble si loin...

Une table d'écolier à deux places, comme il n'y en a plus. Un encrier dans chaque coin que la maîtresse venait remplir avec une bouteille. Une petite trappe s'ouvre au loin, dans ma mémoire. J'avais gravé *Bety* dans le bois, avec une plume Sergent-Major. Elle s'est moquée de moi, j'ai rajouté un t, bien collé au premier. Je me souviens, maintenant... Ses dents blanches... Ses yeux incroyablement purs... Le froissement de nos blouses quand nos coudes se frôlaient. Nous nous sommes fait traiter d'amoureux plus d'une fois. Je me souviens de nos regards qui se cherchaient dans le couloir, dès le matin. « Elle s'appelle comment ta fiancée ? » « Betty ! » À la même question, elle répondait « Laurent ».

Je ne sais pas si j'ai réellement été amoureux depuis.

La nuit tombe. Je range mon rasoir dans une petite poche de la valise. La journée entière, je n'ai cessé de rechercher ces doux instants du passé. En traversant le hall de la clinique, j'ai encore en tête le sourire d'une petite fille.

Je suis prêt à retrouver le monde en marche, même s'il s'est fort bien passé de moi durant ces dix jours. Bernadette et Sylvie sont derrière le hall d'accueil. Je me promets de leur envoyer quelque chose de Paris. Janine apparaît en tenue de ville, un grand sourire aux lèvres. Elle m'entraîne vers les énormes fauteuils rouges de la salle d'attente ou plus personne n'attend.

— Votre taxi ne va pas tarder.

— Avec un peu de chance, il sera en retard. Je ne vous ai pas encore remerciée pour tout ce que vous avez fait.

— C'est mon travail.

— Grâce à vous j'ai retrouvé le souvenir d'une amourette de jeunesse. Elle avait sa petite place bien cachée au fond de moi, et sans vous je ne l'aurais jamais fait remonter en surface. C'est à vous que je dois ces petites bulles de nostalgie.

Elle laisse échapper un petit rire mais se reprend très vite. Une lueur de gravité passe dans ses yeux. Elle hésite, retient le silence, n'ose pas se lancer. J'en perds le sourire, moi aussi.

— Vous vous souvenez que je vous ai veillé durant votre coma, monsieur Aubier?

— Vous me l'avez dit le lendemain.

— Vous étiez dans ce qu'on appelle un « coma vigile ». Un coma plutôt léger où le patient s'exprime et réagit. Il ressasse des phrases incompréhensibles, un flot de paroles d'une densité incroyable pendant des heures et des heures. Un délire organisé que personne d'autre que lui ne peut comprendre, et, la plupart du temps, il n'en comprend pas la moitié lui-même. Dix heures... Vous vous rendez compte? Une dérive verbale de dix heures sans la moindre interruption?

— ...?

— C'est une chance fabuleuse, monsieur Aubier, une chance à ne pas rater. Une antenne directe sur la boîte noire.

— La boîte noire?

— L'inconscient, si vous préférez.

Une Janine que je ne connais pas vient d'apparaître sous mes yeux épouvantés. Un être fébrile et passionné, mi-prêtresse, mi-sorcière.

— Cette nuit-là, vous vous êtes raconté, vous êtes allé jusqu'au bout de vous-même, vous avez brassé trente-cinq ans de morale, d'interdits et de souvenirs. Vous les avez dépoussiérés, défroissés, déchiffrés et organisés dans un ordre connu de vous seul. Betty n'est qu'une goutte d'eau dans l'océan, elle est sortie de la boîte noire comme tout le reste.

Un aiguillon de peur me pique vers le ventre. Une bouffée de chaleur m'a parcouru les bras et le dos. Le voyant du taxi apparaît derrière la vitre.

— Janine... Vous êtes en train de me dire que vous... que vous avez violé mon intimité mentale?

Elle me prend les mains et les serre dans les siennes.

— Laurent, je fais une psychanalyse depuis quatorze ans. Et en quatorze ans, je n'ai pas dit la moitié de ce que vous avez fait sortir en une seule nuit.

Elle me tend un bloc-notes à spirale. Je crois que je vais devenir dingue.

— Pour une fois, la nuit de garde était plutôt calme, et j'ai l'habitude de prendre des notes...

Le bloc m'atterrit dans les mains. Tout se brouille dans ma tête. Le taxi klaxonne.

— Vous vous foutez de moi...?

— C'était un service à vous rendre, j'aimerais qu'on fasse la même chose pour moi dans de pareilles circonstances. Tous vos mystères et tous vos oublis, tout votre amour et toute votre haine, tous vos messages restés sans écoute, toutes vos craintes et vos fantasmes sont consignés là-dedans. Faites-en bon usage.

Je veux la retenir par le bras mais elle m'échappe et disparaît dans les vestiaires. Le taxi est sur le point de partir.

Je reste là, comme un con, incapable de prendre une décision

*

Je n'ai osé ouvrir le bloc-notes que dans l'avion. L'hôtesse m'a servi une bonne rasade d'alcool et mon voisin a cru bon de m'expliquer que la peur de l'avion cachait sûrement autre chose, l'angoisse d'un départ ou celle d'un renouveau. Encore un qui veut fourrer son nez dans mes rouages. Les pages griffonnées par Janine sont bien plus dangereuses que toutes les phobies du monde. Je pourrais les déchirer en petits morceaux et tirer la chasse d'eau, personne n'en saurait rien et je continuerais à vivre comme si rien ne s'était passé. Elle est banale, ma petite vie, mais je l'aime comme elle est, je n'ai pas besoin d'en connaître les secrets. À quoi bon s'aventurer dans les zones interdites? On ne peut y trouver que des embrouilles, c'est bien connu, il n'y a qu'à voir tous ces films qui se passent dans la jungle. À quoi bon écouter les tuyauteries de son âme? *C'était un service à vous rendre...* Tu parles d'un service, ma pauvre Janine. Qui a envie de savoir ce qui se passe de l'autre côté? Qui n'a pas peur d'ouvrir la trappe de l'ego? Ça ne doit pas sen-

tir bon, là-dedans. *Faites-en bon usage*... Et si dans
l'affaire j'avais bien plus à perdre qu'à gagner ?

Mais la vraie question est : comment résister ?

Mon voisin s'est assoupi, le crâne contre le hublot.

Je soulève la couverture bistre du bloc.

*... Faudrait y retourner voir, chez le père Tape-
dur, on y retrouverait peut-être son livret de Caisse
d'Épargne, eh oui ! (rires)... Dix ans à boire du
Schweppes, ça laisse des traces, hein Nathalie... ?
Tout était encore plus blanc sous son aube, on ne
pouvait pas plus blanc, ça faisait même mal aux
yeux, perdu dans le grand cône tout blanc, c'était
ce con de Pascal qui m'avait obligé... Les cloches et
tout.. Rien compris au film, le Pascal... « ma sœur
aime trop l'argent, ma sœur aime trop l'argent », tu
savais dire que ça, Ducon... T'y es pas allé voir, toi,
sous le grand cône blanc...*

— ... Je vous accompagne jusqu'au lavabo ?

L'hôtesse a posé la main sur mon épaule. Elle
sort un sac en papier blanc, perdu dans les prospec-
tus coincés dans une poche du dossier, au cas où
je voudrais vomir. Elle préférerait la solution du
lavabo. Ai-je l'air aussi mal que je le suis ? Elle
me tend un cachet, un verre d'eau, j'avale le tout.
Docile. Je me force à sourire pour l'éloigner. Janine
est une drôle de garce. Elle n'aurait pas dû faire ça.

Son devoir était, cette nuit-là, de fermer la porte, de respecter mon délire, de le laisser se perdre dans le grand inconscient de l'univers. Je ferme les yeux, prends une longue bouffée d'air et pars à la recherche du *grand cône blanc*. Il doit être quelque part, si loin, si proche, perdu en cours de route, oublié depuis des lustres, mais toujours aussi blanc. Qu'est-ce qui se cachait sous *le grand cône blanc*... ? Il est là, tout près. Tout près...

— Monsieur, vous avez laissé tomber votre cahier.

— ... Hein ?

Je remercie cet imbécile de voisin d'un signe de tête et reprends le bloc qui a glissé à mes pieds. *Le grand cône blanc* ne devait plus être très loin. Tant pis, j'y reviendrai quand je serai seul. Il y a quarante-huit feuillets de notes serrées. Avec parfois des séries de *bis* à n'en plus finir. Je ne sais plus si je dois lire dans la continuité ou puiser au hasard. J'allume une cigarette en sachant que c'est désormais interdit mais je ne peux pas résister.

... J'ai pleuré, putain, tout le monde l'a vu, je ne veux pas qu'on m'appelle Roland, je m'appelle Laurent, pas Ro-land, Lau-rent, Lorenzaccio ! Putain de merde ! N'empêche il était grand et maigre, ce con, maigre d'accord, mais surtout grand, et j'avais la trouille parce qu'il avait le bon droit pour lui... T'as toujours aimé te foutre de la

gueule des gens, fallait bien qu'il y en ait un qui...
Mon orgueil marqué au fer rouge avec ses initiales
dessus... A. L. ... Auguste Lespinasse... Tu parles si
j'en avais brodé, des conneries, sur Auguste Lespi-
nasse... Une régalade... Moi c'est Laurent, Lau-rent,
compris... ?

Un grand type à lunettes. À l'armée. Montbéliard.
Une humiliation devant toute la chambrée. J'avais
poussé le bouchon trop loin. Des variations idiotes
sur son nom, personne n'avait ri, et ça m'avait valu
son poing sur la gueule. Tout me revient en mémoire, même le sillon des larmes sur mes joues,
le bridge tout métal à droite dans sa bouche. Pour
la peine, il m'a appelé Roland jusqu'à la quille.
Chaque nuit, comme un lâche, j'ai eu envie de le
tuer pendant son sommeil.

Je n'avais pas oublié cet épisode mais jamais je
ne me serais douté de la trace qu'il a laissée en moi.
Plus jamais je n'ai cherché à blesser autrui depuis
ce jour-là, et c'est peut-être à Auguste Lespinasse
que je le dois. La peur que j'éprouve à tenir ces
feuillets brûlants entre les mains se mue en quelque
chose de plus intense et de plus grisant. Et si Janine
avait eu raison ? Et si elle m'avait offert les clés de
la *Connaissance*, la plus précieuse de toutes, celle
de soi-même ? J'ai peut-être un trésor, là, posé sur
les cuisses comme une petite boîte de Pandore. Il
peut me donner les réponses aux questions essen-

tielles, celles qui nous apparaissent, dit-on, le jour de notre mort. Il me dira qui je suis et d'où je viens. Et j'aurai peut-être une chance de savoir où je vais. Bien avant mon heure. Au milieu du parcours.

L'hôtesse me demande d'éteindre ma cigarette. Dès qu'elle s'en va, j'en allume une autre. Je brave des interdits qui ne sont plus de mon âge et je m'en fous. Nous volons au-dessus de Paris. Mon voisin a déjà la main sur son porte-documents. J'ai encore le temps de faire un petit tour dans la machine à explorer l'âme.

... Indécrottable !... Indécrottable !... Elle savait dire que ça cette vieille salope... Papa tu dois me croire, moi ! Pas elle, je ne suis pas indécrottable... Ne joue pas aux voitures dans l'escalier !... Je veux pas redoubler, elle ment et c'est elle que vous croyez !... Faites attention !... Le grand escalier en marbre de parrain... Du marbre d'Italie... Indécrottable ! C'est dégueulasse rien qu'à entendre... Plein de merde dans la tête... Puisque c'est comme ça je vais vous faire la Piste aux Étoiles... (roulements de tambour avec la langue)... L'indécrottable va nous exécuter un saut de l'ange !... Le marbre c'est beau mais c'est froid...

Sans même m'en rendre compte, je suis dans un taxi. Je ne sais pas comment s'est passé l'atterrissage, ni comment j'ai récupéré ma valise. Je suis toujours dans les airs. Presque en apesanteur. Jusqu'aujourd'hui, la seule image qui me restait de cette chute était une minerve qui me donnait l'air d'un petit vieux. J'avais six ans. Un escalier qui aurait pu me coûter la vie. Qui est cette vieille salope ? Et qu'est-ce qu'elle a à voir avec cette chute ? Une pile de courrier m'attend derrière la porte. Sans même prendre le temps d'enlever mon manteau, je me précipite sur le téléphone.

— Papa ?

— T'es rentré, mon grand ? J'aurais pu venir te chercher à l'aéroport.

— Tu te souviens de mon accident dans l'escalier de parrain ?

— ... Si je me souviens ? Ta mère et moi, on a cru que t'étais mort.

— Qu'est-ce qui s'est passé, cette année-là, à l'école ?

— ... ?

— J'ai besoin de savoir. Et tu as toujours suivi de près ma scolarité.

— ... T'es drôle, toi... Tu me demandes ça aujourd'hui... Je crois que tu étais au C.P., l'accident est arrivé en mai et tu n'es retourné à l'école qu'en septembre.

— J'ai redoublé ?

— Non mais c'est ce que voulait ton institutrice, une vieille peau avec qui tu te chamaillais toujours. Entre-temps, tu as fait cette chute et on t'a donné

des cours particuliers pendant toute ta convalescence. À la rentrée, tu avais même un niveau bien
supérieur aux autres.

— Comment j'ai fait pour tomber dans cet escalier?

— Je ne sais pas, on était tous à table, on a
entendu ta dégringolade et on t'a retrouvé en bas,
inconscient. Ton parrain en a fait une jaunisse.

Je le remercie un millier de fois et raccroche.
Tout devient beaucoup plus clair. Cette vieille peau
me détestait, et le redoublement équivalait à une
condamnation à mort.

On dit que l'idée même du suicide ne peut pas
venir à l'esprit d'un enfant. J'ai connu la détresse
qui vous pousse vers la mort. Je n'avais que six ans.

*

Trois semaines plus tard, je n'ai pas encore repris
le boulot. Je passe le plus clair de mon temps dans
mon appartement ou dans les jardins publics. Mon
inertie apparente ne laisse en rien imaginer l'extraordinaire travail mental que je fournis à chaque
instant. La tempête sous mon crâne est si forte
qu'elle charrie avec elle des promesses oubliées et
d'insoupçonnables tabous. Je reste penché sur le
bloc-notes comme on étudie la carte d'un Eldo-
rado, je plonge en moi-même comme un explorateur
sous-marin et n'en remonte qu'au prix d'une dou-

loureuse épreuve. Beaucoup de choses m'échappent encore dans ces quarante-huit feuillets, et les zones les plus hermétiques sont celles qui, bien sûr, m'intriguent le plus.

Quand je serai grand, je serai faucheur de spaghettis, ça c'est un beau boulot... Quand je serai grand, je serai faucheur de spaghettis, ça c'est un beau boulot... Rachat avant mars de la Finoil par l'A.C. Group... Quand je serai grand, je serai faucheur de spaghettis, ça c'est un beau boulot...

Faucheur de spaghettis. Après un effort de mémoire terrible, j'ai revu ce grand con de Pascal, à la maternelle, en train de m'expliquer que les pâtes poussaient dans les champs et qu'on les fauchait comme les blés. Faucheur de spaghettis, c'était le job rêvé. En revanche, impossible de savoir d'où surgit cette *Finoil* qui ne me dit absolument rien. Mon copain Jérémy, boursicoteur professionnel, m'a expliqué qu'une petite maison comme l'*A.C. Group* ne pouvait en aucun cas racheter le plus gros trust pétrolier d'Europe. Le pire, c'est la façon dont ces deux mots se sont glissés dans ma tête et y sont restés accrochés comme des oursins. Avons-nous le cortex chargé de milliards d'insignifiances stockées au fil des âges? Il y a sûrement derrière cette formule sibylline quelque chose de bon à gratter mais je ne sais comment m'y prendre. Certains paragraphes sont encore plus troublants, surtout quand ils disent exactement le contraire de ma pensée consciente.

... On ne trahit jamais que les amis, ordure !... Riri Fifi et Loulou... Demande à Judas ! Ça en fait des parties de flipper, nom de Dieu !... Mon pauvre Riri... Elle te plaisait tant que ça, la petite Sophie ? Fallait me le dire, pauvre con... Toutes ces parties de flipper pour en arriver là...

Fifi c'était Philippe, Riri c'était Richard et Loulou c'était moi. Le triumvirat. Toujours fourrés ensemble depuis le lycée. J'ai été le premier à m'installer avec une fille que les deux autres ont acceptée dans la bande sans faire d'histoire. Surtout Philippe. On dit toujours que les femmes ont un tel souci du détail qu'elle savent cacher leur amant des années durant, ou dépister une maîtresse avec un simple cheveu. Dans mon cas, ça a été l'inverse. Après huit jours de stage à Toulouse, j'ai retrouvé dans le cendrier de la table de nuit la bague d'un cigare *Romeo y Julieta* que j'avais offert à Philippe. La boîte de vingt-cinq m'avait coûté un prix fou, mais pour l'anniversaire d'un pote on ne compte pas. Je n'ai pardonné ni à Sophie ni à l'autre salaud. C'était il y a dix ans.

L'ennui, c'est que la boîte noire n'est pas d'accord avec cette version...

Et je ne vois pas pourquoi elle serait mieux renseignée que moi. C'est écrit là, noir sur blanc, de la main fébrile de Janine. *Mon pauvre Riri... Elle te plaisait tant que ça la petite Sophie ?* Elle a pu se tromper, après tout. Riri ou Fifi, prononcé à toute vitesse au milieu d'une bourrasque de mots. Riri, mon pote de toujours, l'indéfectible Richard. Je ne vois pas ce que mon inconscient insinue à propos d'une histoire qui m'a coûté assez cher.

Mais il faut que j'en aie le cœur net.

*

Le serveur pose les deux cafés sur la table et j'allume la première cigarette de tout le dîner. Richard sort un cigare de son étui sans interrompre sa brillante analyse sur l'étanchéité des classes moyennes. Contre toute attente, je lui coupe net la parole.

— C'est Philippe qui t'a fait aimer le cigare ?

Il marque un temps d'arrêt et me regarde, étonné.

— Longtemps qu'on n'a pas parlé de lui... Je pensais que tu ne voulais plus entendre ce nom-là.

— Le temps a passé... Dix ? Douze ans ? Tout s'oublie, tu sais. J'ai bien réussi à oublier Sophie, et je ne m'en croyais pas capable.

— Il y a des choses qu'on ne pardonne pas.

— Je ne te parle pas de pardon, chacun se démerde avec sa morale. L'oubli est un besoin vital, comme boire ou manger. Écraser les souvenirs qui nous encombrent est la garantie même de notre santé mentale. Borges a écrit de très belles pages là-dessus. Imagine l'horreur que ce serait de ne rien oublier. Imagine que nous ayons tous en nous une sorte de réceptacle où tout serait consigné, le meilleur et le pire, et surtout le pire.

— Une sorte de boîte noire, quoi, comme dans un avion.

— Exactement.

Richard me regarde, immobile. Troublé. Puis il allume lentement son cigare selon un rituel que je connais bien.

— Quelque chose a changé depuis ton accident. Nous n'aurions jamais parlé de ce genre de choses, avant.

Je maintiens un vague silence ambigu, comme pour souligner un peu plus l'étrangeté de notre dialogue.

— Si cette boîte existe, il ne faudrait en aucun cas y avoir accès, dit-il. Nous sommes le produit de nos erreurs et de nos doutes. À quoi pourrait bien nous servir une infinité de petites certitudes ?

— À saisir une chance unique de comprendre comment l'on est devenu ce que l'on est.

Le serveur pose l'addition sur le coin de la table et rompt un duel du regard qui aurait pu durer des heures.

— Pour répondre à ta question, ce n'est pas Philippe qui m'a fait aimer le cigare, mais toi.

— ... Moi ?

— Tu te souviens des Romeo y Julieta que tu lui avais offerts ? Il n'a jamais osé te le dire mais l'odeur même du cigare lui donnait la nausée. J'en ai goûté un et ça a été la révélation. J'ai fumé toute la boîte, et depuis ça me coûte six à sept mille balles par mois.

Après quelques secondes de silence, un petit rire m'échappe. Un rire innocent, ni amer ni vengeur. La récente intimité avec ma boîte noire a dû modifier mon rapport au monde et aux autres. Comment ai-je pu penser qu'elle s'était trompée, d'ailleurs ? C'est ce que nous appelons trop naïvement « la raison » qui nous fait croire ce qui nous arrange le mieux. L'inconscient, lui, est impitoyable de vérité. Il y a dix ans, déjà, je *savais* que Richard et Sophie avaient couché ensemble. Nous ne sommes jamais dupes que de nous-mêmes. Les années qui ont suivi, j'ai banni l'innocent pour toujours et je suis resté ami avec le traître.

Les tables se vident une à une. Richard donne un gros pourboire au serveur, sans doute pour qu'il nous laisse en paix le plus longtemps possible. Aucun de nous n'a prononcé un mot depuis de longues minutes et nous n'avons jamais autant parlé, lui et moi. Sa boîte noire doit enregistrer un

tas d'informations vitesse grand V. Ces petites
mécaniques-là sont ultra-performantes.

Qu'il est intense, ce moment où les mots n'ont
plus aucun intérêt. Ils ne sont là que pour conclure
en beauté.

— Ce que je ne m'explique pas, c'est pourquoi
ce con de Philippe n'a rien dit, le soir où je l'ai
traité d'ordure.

Un sourire sans malice se dessine sur les lèvres
de Richard. Celui de la nostalgie, sans doute.

— Un choix cornélien, pour le pauvre Philippe.
Se disculper, c'était me trahir. Il a préféré garder
la faute pour lui.

— Le sens de l'amitié poussé jusque-là confine
à la connerie, hein Richard ?

— ... Qui sait ?

Il se lève et passe son manteau, le cigare entre les
lèvres. Sur le seuil du restaurant, nous nous serrons
la main, longuement.

— La prochaine fois, c'est moi qui invite.

— D'accord.

*

On se demande souvent ce que l'on ferait si la
chance nous était donnée de lire notre avenir. Je
sais aujourd'hui que connaître son passé a quelque
chose de bien plus extraordinaire. La peur du lendemain est une plaisanterie comparée à celle de la

veille. Et le destin n'est rien qu'un peu de passé en retard.

Je n'ai toujours pas repris le travail depuis deux mois. J'ai raconté n'importe quoi au toubib et il m'a cru : étourdissements, maux de tête, sommeil agité, intense fatigue, tout ça depuis ce terrible accident. J'ai gagné encore quelques semaines et mon patron n'a rien trouvé à redire. Un type du concours Lépine m'a appelé pour me dire que j'étais en bonne place pour le premier prix et j'ai fait semblant d'en être flatté. S'ils savaient, tous, que je suis devenu dépendant d'une drogue dure. Un junkie, voilà ce que je suis. Accro à ma propre psyché et tributaire de mon moi captif. Passionné, aussi, par la somme de révélations sur le drôle de type que je suis. Et j'en veux plus, toujours plus, comme tous les drogués. Je connais pratiquement ces quarante-huit feuillets par cœur. Il m'arrive parfois d'en déclamer des passages entiers, comme le comateux que j'étais, dans les Pyrénées, allongé près de Janine. Victime d'une abjecte copulation entre mon *ça* et mon *surmoi*. Certains mystères se résolvent d'eux-mêmes mais d'autres se refusent à céder, quelques formules restent toujours aussi opaques et me mettent dans des états de rage impuissante. J'ai réussi à en isoler une trentaine comme autant d'énigmes d'un impitoyable sphinx. Certaines me donnent parfois envie de hurler.

... Mon pauvre monsieur Vernier, ça va se jouer au finish, mais j'ai déjà gagné...

... À elles deux, c'était Le Déjeuner sur l'herbe *et* La Chienne andalouse.

... J'imagine bien Bertrand, majestueux et dodu, avec une petite bulle de verre sur le ventre ! Quel acteur !...

... Il faut faire grossir le truc de vie de six fois son volume, c'est ça le secret...

Et bien d'autres délires inexplicables. Je ne connais ni les noms ni aucune situation, rien, et tout ça provoque le manque, obsédant, le besoin de savoir. Tout à coup, la sonnerie du téléphone me ramène dans le présent. En maudissant déjà celui qui vient troubler cette intimité avec moi-même, je décroche.

— Comment tu as su ?

— Jérémy ?

— Comment tu as su, bordel !

— Quoi ?

— Le rachat de la Finoil par l'A.C. Group nom de Dieu !

— ... ?

— Un cataclysme ! Un raz de marée ! Qui t'avait donné le tuyau ?

— Je ne sais pas.

— Tu te fous de ma gueule ? Si j'avais pu croire une seconde que c'était possible, je serais milliardaire à l'heure qu'il est.

— Je ne connais la Finoil ni d'Ève ni d'Adam. C'est si gros?

— Gros? C'est plus un holding, c'est la Bourse à elle toute seule. Avec des tentacules dans tous les secteurs, l'agro-alimentaire, l'informatique, tout, des filiales à ne plus savoir qu'en faire. La Comeco et la Soparep, c'est eux, la N.W.D. aussi, et la...

La National Ware Distribution! J'y vais tous les quinze jours pour m'occuper de la maintenance de quatre-vingts photocopieurs. C'est sûrement là où j'ai dû imprimer un détail à mon insu, un tout petit détail que ma raison a laissé de côté mais que la boîte noire s'est bien chargée d'archiver. Jérémy ne me croit pas quand je lui dis que je n'en sais pas plus. À quoi bon lui expliquer l'histoire du bloc-notes, de la psychanalyse de Janine et du grand cône blanc. Il me prendrait pour un dingue. Ce que je suis, sans doute. J'ai demandé à mon collègue Pierrot de fouiller dans les fiches de service pour savoir à quand remonte ma dernière intervention à la National Ware Distribution. En juillet dernier, j'ai réparé six photocopieurs, dont celui de la direction générale. La tête de la secrétaire m'est vite revenue en mémoire, une brune au regard coquin qui se lamentait parce que son photocopieur et sa machine à café étaient tombés en rideau le même jour. En ouvrant la bécane, j'ai détecté la panne la plus courante et l'ai réparée en dix minutes. Comme je le fais chaque fois qu'un document reste coincé dans l'appareil, j'ai jeté un œil sur la feuille avant de la balancer dans une corbeille. C'est sans doute par cette lettre confidentielle que j'ai appris le rachat de la Finoil. Une simple phrase qui se serait évaporée dans mon cerveau brumeux si la boîte noire ne l'avait pas gardée.

Mais pour cette piètre victoire sur ma mémoire, je connais mille défaites accablantes qui me rongent un peu plus tous les jours. Ce qui me reste de raison m'exhorte à tout laisser tomber, mais l'autre, la partie immergée, insiste pour réapparaître Je veux savoir qui est *La Chienne andalouse*, et ce *monsieur Vernier* qui intervient sept fois dans les quarante-huit feuillets. Je veux savoir ce qu'est *le truc de vie* et comment le faire grossir. Et tout le reste, tout ce fatras absurde, mais tellement chargé de sens.

Je veux tout savoir.

Tout.

*

Je note désormais mes rêves sur un petit carepin, à raison de six à sept fois par nuit. Il n'y a pas d'heure pour les drogués. Hélas, la moisson du matin a souvent un air de déjà-vu. Si les rêves sont des émanations de l'inconscient, ils sont encombrés d'un tas de petits détails quotidiens sans la moindre importance, et le tout donne une forte impression de gratuité. Il faut pourtant que je trouve un moyen sûr et direct d'entrer à nouveau en contact avec la boîte noire.

J'ai relu *Les Portes de la perception* d'Aldous Huxley. Ce type-là devait être accro à la boîte noire, tout comme moi. Il va même jusqu'à préconiser l'usage de substances bizarres pour les ouvrir, ces fameuses portes. N'ayant pas l'habitude de consommer ce genre de denrées, j'ai demandé à Pierrot (qui s'enferme régulièrement dans les toilettes de notre atelier pour fumer un pétard) de me trouver tout ce qui est disponible sur le marché pour percer un tunnel vers mon moi le plus secret. Le bilan de l'opération a été particulièrement décevant. Les divers joints m'ont écrasé dans le canapé du salon, des heures durant, avec la désagréable impression d'avoir un trente-cinq tonnes posé sur chaque genou. Les rails de coke (« pure à 80 % » d'après Pierrot) ont provoqué chez moi une irrépressible fureur ménagère, j'ai passé l'aspirateur et briqué l'argenterie à quatre heures du matin tout en échafaudant une théorie qui réfutait en bloc Newton et Copernic. L'opium ne m'a procuré strictement aucun effet, la relecture de *Tintin et le lotus bleu* aurait été bien plus efficace. J'ai terminé en beauté en avalant cette dose de L.S.D. qui m'a fait faire n'importe quoi durant une quinzaine d'heures, comme affronter une légion romaine en 3D ou faire le décompte exact du nombre de molécules d'hydrogène dans mon bain. Je n'en veux pas à

Pierrot, je n'en veux pas à Huxley, je sais que je poursuis une baleine blanche qui dérive au creux de mes entrailles.

*

— Monsieur Aubier, si vous voulez bien me suivre.

En entrant dans le cabinet de l'hypnotiseur, je pensais trouver toute une bimbeloterie de fête foraine et n'y ai vu qu'un large fauteuil où il m'a demandé de m'asseoir. À la question « que puis-je faire pour vous? » je n'ai pas su quoi répondre. Je n'ai pu que lui fournir une longue liste de noms propres et de phrases sans queue ni tête en lui demandant de les passer en revue pendant la séance avec le secret espoir que l'un d'entre eux me ferait réagir. Vaguement déconcerté par la liste en question, il m'a expliqué de façon rationnelle toute la rigueur scientifique de son travail mais je n'ai rien voulu savoir

— On peut tenter l'expérience, mais ce que vous demandez est impossible. Avez-vous essayé la psychanalyse? Je peux vous donner des adresses.

— La psychanalyse? Vous ne me croirez sans doute pas si je vous dis que je sais déjà tout sur mon père, ma mère, mes scènes primitives et ma libido. Et ça n'a rien de très folichon. Je veux savoir qui sont monsieur Vernier et les autres. Vous croyez que j'ai vingt ans devant moi pour les faire resurgir un à un?

Le quart d'heure qui a suivi restera pour moi un moment paisible et agréable, à demi endormi dans ce grand fauteuil. J'ai pu faire le vide pendant de longues minutes et ça m'a fait du bien.

— Désolé, monsieur Aubier, vous êtes un sujet plutôt réceptif mais ce que vous appelez « la boîte noire » a refusé de s'ouvrir. Si un jour, vous y parvenez, faites-le-moi savoir.

Pendant qu'il me raccompagnait à la porte, j'ai sorti machinalement mon paquet de Gitanes et quelque chose d'étrange s'est passé au moment même où j'ai porté une cigarette à mes lèvres. Comme un léger haut-le-cœur.

— Un détail, monsieur Aubier. Dès que vous avez ouvert la bouche, ça m'a fait penser à un cendrier de P.M.U. Pendant votre état d'hypnose, j'en ai profité pour en toucher deux mots à votre « boîte noire ». Vous ne serez pas venu pour rien.

*

À force de me chercher, je suis devenu un autre. Une sorte de flic de l'âme, ou pire, un détective privé qui n'ira jamais au bout de son enquête. Mes souvenirs ne sont que chimères et mon avenir un cauchemar. Parfois je me réveille terrorisé, une image dans les yeux · ma boîte noire attaquée au burin jusqu'à ce qu'elle cède. Elle saigne et se cabosse mais rien n'en sort. Je n'avais pas mérité ça, ma pauvre Janine. Après tout, je n'étais qu'un simple réparateur de photocopieurs. Je dis *étais* parce que j'ai perdu mon job. Même Pierrot s'est lassé de mes questions absurdes (je t'ai déjà parlé d'une *chienne andalouse* ? Tu connais *Bertrand* ? Il porte une *petite bulle de verre sur le ventre*) Mon père me regarde comme un détraqué. Pire, un étranger qui parle une langue inconnue (*Itchi Mitchi Bo*, je ne disais pas ça quand j'étais petit ?). Je crèverai sans doute sans savoir qui est *monsieur Vernier*. Dommage. Je commençais à bien l'aimer. J'avais fait une petite place pour le loger dans ma tête. C'était peut-être quelqu'un d'important, qui saura jamais ?

Ce matin j'ai reçu un lettre du concours Lépine qui m'informe que j'ai gagné le premier prix. On me le remettra demain, pour l'ouverture de la Foire de Paris. S'ils savaient à quel point tout ça est dérisoire. La seule invention providentielle serait une sorte de pince crocodile qui relierait la boîte noire à un moniteur quinze pouces. Un jour, peut-être, je mettrai au point le prototype. J'ai toute une vie pour ça

*

J'y suis allé comme on va chez le dentiste, en traînant la patte. sans aucun espoir d'y passer un bon moment. Cohue, badauds, stands, discours, j'avais attendu cet instant des mois entiers, mais aujourd'hui tout cela n'est que bruit sans fureur et vague décorum. Je suis loin de tout ça. J'ai un grand cône blanc dans la tête.

— Le premier prix est décerné à M. Laurent Aubier pour son photocopieur Polaroid !

Applaudissements. La fumée m'incommode. Le bruit plus encore. Pierrot mériterait ce prix autant que moi, nous l'avons bricolé dans notre atelier à nos moments perdus. À force de photocopier toutes les parties de notre corps comme l'ont fait tous les bureaucrates du monde, l'idée m'était venue de combiner la machine avec un boîtier de pellicule instantanée. Un simple gadget que j'avais réussi à optimiser en améliorant la qualité du cliché et sa duplication à l'infini. Les applications sont insoupçonnables et vont du dessin industriel à la bureautique en passant par le marketing, et même l'art contemporain. C'est Pierrot qui m'avait poussé à le présenter au concours. Tout ce cirque me fatigue, désormais. On me remet le prix, on me tape sur l'épaule et on fait signe au public de faire silence.

— Un prix d'honneur sera décerné à titre posthume au regretté Alain Vernier, mort il y a quelques mois dans un accident de voiture. Vous pouvez l'applaudir.

... Alain qui... ?

— M. Vernier, poursuit-il, était un habitué du concours. Pendant des années il nous a proposé ses inventions qui désormais font partie de votre quotidien. Jamais, pourtant, il n'avait obtenu le premier prix. Rendons-lui hommage ce soir !

Les jambes cotonneuses, je m'assois sur le rebord d'une enceinte. Le public se disperse dans les allées. J'attrape l'animateur par le bras.

— Il s'est passé où, cet accident ?

— Dans les Pyrénées, en octobre dernier. Personne n'a su ce qu'il faisait là, M. Vernier était assureur et quittait rarement la région de Limoges.

Si Moi je sais ce qu'il faisait là.

*

J'étais une proie, ce soir-là, sur la route des Goules.

Nous savions que nous étions les deux derniers finalistes. Je n'y avais attaché aucune importance, mais lui n'avait pensé qu'à ça.

Il le voulait, ce premier prix, M. Vernier. Après tant d'années, coûte que coûte.

Si, ce soir-là, il avait réussi à me balancer dans le fossé, tout le monde aurait cru à un accident. Et même moi, si Janine ne m'avait donné la boîte noire.

On ne l'ouvre qu'en cas d'accident, après tout.

LA VOLIÈRE

Je vivais à Budapest quand mon oncle m'a appelé à son chevet. Je ne me doutais pas qu'il voulait mourir dans mes bras. En le voyant se redresser sur son lit et tendre la main vers moi, j'ai compris que je n'avais pas fait le voyage pour rien. L'infirmière nous a laissés seuls, au plus mauvais moment, mais elle avait le métier pour elle. Ça fait bizarre de sentir qu'on est une famille à soi tout seul. J'avais beau être assis là, sur ces draps bleus, mon cœur et mes pensées restaient en apesanteur, quelque part entre Buda et Pest, entre une chambre meublée et une salle de classe. Pourtant, je l'avais toujours bien aimé, le bonhomme, ce pour quoi je me retrouvais là, une main pétrie dans la sienne, à l'heure où on aimerait tant qu'elle vous guide en douceur, quelque part par là-bas.

Il m'avait toujours parlé comme à un adulte, et il n'y a pas de désir de gosse plus fort que celui-là. Je me souviens même de ce jour où je suis tombé malade et refusais que quiconque entre dans ma chambre. Sauf lui. J'avais hurlé de douleur, j'avais dit à quel point tout ça était injuste et que ce monde pourri ne méritait pas qu'on le subisse. Il m'avait répondu que je finirais bien par en trouver une autre, plus jolie encore, et que celle-là mériterait qu'on l'accompagne une vie entière.

— J'ai pas peur, tu sais, me dit le vieux.

— Bien sûr que je sais, tu ne m'as pas appris ça.

— Tu te souviens quand j'attrapais des scorpions derrière les vignes, et que je les encerclais dans une boucle, et que j'y mettais le feu ?

— Comme si c'était hier.

— Eh bien, c'est seulement maintenant que je regrette d'avoir fait ça.

Là, je nous ai revus accroupis dans la terre, les yeux rivés sur une de ces petites bêtes prise de folie en se voyant prisonnière des flammes. Ça ne manquait jamais, elle faisait rebiquer son dard vers elle-même et se donnait la mort. C'était beau, c'était horrible, ça me posait tant de questions qui venaient de si loin.

Tout à coup, il a retenu son souffle avant de dire :

— Je veux être enterré près de la volière.

Et sa joue a caressé l'oreiller comme un flocon de neige finit sa chute.

Dis, tonton ? T'es mort ? C'est bien ça que je dois comprendre ? On en a vu mourir, des choses, quand on se promenait dans la lande, toi et moi. Des

mouches en hiver, des chats trop curieux, des arbres
mal aimés. C'est ça qui t'arrive, hé le vieux ? Tu me
demandais : « Le notaire et le curé entrent chez ton
voisin, qu'est-ce qui se passe chez le voisin ? » Le
voisin meurt.

Aujourd'hui c'est ton tour, et il n'y a ni notaire ni
curé, tu n'as jamais rien possédé et tu n'as jamais
cru en Dieu. Il ne reste que moi.

Je ne sais pas où tu es désormais, je ne suis
pas curieux de le savoir. J'ai envie de te dire qu'on
finira bien par se retrouver, mais je n'y crois qu'à
moitié. Tu ne m'en voudras pas si je laisse les
gens du métier t'enterrer sans moi ? J'aurais l'air de
quoi, tout seul dans un cortège funéraire, sans personne avec qui comparer nos douleurs ? J'ai toujours trouvé dommage d'organiser une cérémonie
dont le seul intéressé sera absent. Je sais désormais
que les soirs où il m'arrivera de douter de l'humanité tout entière, je t'imaginerai, étendu quelque
part, en train de rêver à tous les secrets qu'il nous
reste à partager.

Étendu quelque part.

Quelque part mais où... ?

Je suis sûr et certain qu'il a dit « Je veux être
enterré près de la volière ». Pas *une* volière mais
LA volière ! Qu'est-ce que c'est que cette volière,
nom de Dieu !? Et il n'a pas dit *J'aimerais bien* ou
J'aurais tant aimé, non, « JE VEUX être enterré près
de LA volière ». On ne demanderait pas mieux que

de t'enterrer près d'une volière, tonton, mais tu aurais pu me faciliter la tâche ! L'infirmière revient, me fait ses condoléances, me dit des choses définitives sur la vie et la mort, et j'acquiesce bêtement pendant que dans ma tête tournoie un ouragan de volières.

— Dites-moi, madame, il n'y aurait pas dans le coin un pigeonnier ou un truc dans le genre, près d'un cimetière ?

L'infirmière, habituée aux contrecoups émotionnels à l'annonce d'un décès, me regarde d'un air bizarre. J'insiste :

— Vous n'avez jamais entendu parler d'un « cimetière de la volière » ?

— Demandez aux gens des pompes funèbres, ils ont toujours plein de réponses aux questions les plus délicates.

Jusqu'à ce qu'elle dise ça, j'étais persuadé d'avoir fait le plus dur en venant jusqu'ici mais, sans savoir pourquoi, je me suis dit que pour assurer l'éternité à un mourant il ne suffit pas de lui tenir la main pendant un quart d'heure. Je pourrais prendre le vol de demain matin pour Budapest, mes élèves m'attendront sans doute un jour de plus, le temps de tirer au clair cette histoire absurde, juste pour m'éviter les remords que je sens déjà poindre. *Je veux être enterré près de la volière...* Et merde ! Il aurait pu dire des choses plus simples, plus banales, des trucs comme *Rosebud* ou *N'oublie jamais, mon petit, que seul le romantisme est absolu*, mais pourquoi faut-il qu'un type qui a joué au ball-trap avec tout ce qui a des plumes veuille être enterré près d'une volière ?...

— Nous, sortis du cimetière municipal... Y a bien un columbarium au Père-Lachaise, mais c'est uniquement pour ceux qui veulent se faire incinérer.

— Il a dit clairement qu'il voulait être enterré.

— C'est vous qui voyez. Mais d'ici trois jours, on va bien être forcés de le mettre en bière.

— Trois jours ?

— En général, ces choses-là se décident bien avant l'heure fatidique. Après trois jours, on sera obligés de suivre la procédure habituelle.

*

Trois jours. C'est tout ce que j'ai pu obtenir du directeur de mon lycée, voyage compris. Trois jours pour trouver une volière où faire reposer le tonton. Il paraît que les dernières volontés d'un mort sont sacrées. J'ai essayé de compter le nombre d'heures que le vieux avait passées à mes côtés, patient et attentif au petit bonhomme que je devenais, et j'ai largement franchi la barre des soixante-douze. Nous étions lundi matin, et si je n'avais pas mis la main sur une volière d'ici jeudi, tonton se retournerait dans sa tombe pour les siècles à venir sans trouver le repos.

Le lendemain, je suis allé dans le petit meublé du centre-ville où il avait toujours vécu. L'endroit n'avait pas changé depuis quarante ans, j'y ai retrouvé tous mes petits bonheurs du jeudi, la pâtisserie où je m'empiffrais avec lui de choses énormes, le cinéma où l'on passait des films pour les grands, le café où je le regardais jouer au billard. Sa voisine de palier, une éternelle célibataire, vivait toujours là. Avec les années, elle ne s'était toujours pas décidée à devenir une vieille fille.

— Mais c'est... Jeannot ? Ça me fait drôle... Remarque, à bien te regarder on retrouve les petits yeux espiègles de ton oncle... Quand tu te promenais avec le Louis, on savait jamais qui était le plus voyou des deux.

— Il ne vous a jamais parlé d'une... volière ? Un endroit où il aurait voulu finir ses jours ?

J'ai bien été obligé d'accepter son infusion de romarin, soi-disant que ça l'aidait à réfléchir. Au bout de deux tasses, elle a sorti une goutte de fine pour passer à la vitesse supérieure.

— Ton oncle était un sérieux zigoto. On pouvait s'insulter un jour entier comme des chiffonniers à travers la cloison, le soir il venait partager un Fernet-Branca, et on parlait, jamais de nous, mais du monde entier et de ce qu'il devenait. Pour te dire, le 21 juillet 69, deux heures du matin, on était tous les deux devant la télé, ici même, à l'endroit où t'es assis, pour regarder l'Américain qui a marché sur la Lune.

— Et ma volière ?

— Eh ben... Cette histoire de volière me dit quelque chose. Ça se passait le vendredi. Incapable de te dire quoi, mais c'était tous les vendredis, pendant bien dix ans. Je lui disais « Vous venez voir le western ce soir, m'sieur Louis ? ». Et il répondait « Vous savez bien que le vendredi c'est le jour de la volière ». Il devait être colombophile ou un truc comme ça, y a des amateurs, ça devait s'envoyer des messages dans les pattes des pigeons, allez savoir. Tous les vendredis à dix-huit heures pétantes, son copain Ferré, le garagiste du quartier de la Borne... tu te souviens ?

— Jamais entendu parler.

— Eh ben, le Ferré venait le chercher pour aller à cette satanée volière. Ton oncle revenait tard dans la nuit, et puis plus rien jusqu'au vendredi suivant. C'est tout ce que je peux te dire, mon gars.

Des messages dans les pattes des pigeons... Même si le tonton avait des passions bizarres, cette soudaine affection pour des trucs emplumés paraissait suspecte. Mais la piste avait l'air de suivre son cours. Le soir même, j'ai abouti dans une supérette du quartier de la Borne où jadis se tenait le garage d'Étienne Ferré, vénérable vieillard qui habitait désormais dans une cité dortoir à trois encablures de là. Deux heures plus tard, j'avais trouvé la bonne porte du bon escalier. Une marmaille tonitruante m'a ouvert.

— Tu viens pour l'anniversaire de pépé et mémé ?

Dans le salon, une vingtaine d'individus de tous âges entouraient un gâteau gigantesque où trônait le chiffre cinquante. Étienne et Josette Ferré fêtaient leurs noces d'or. J'ai eu beau jurer que je passais là par hasard, personne n'a voulu me croire. Quand je me suis présenté comme le neveu du Louis, Étienne m'est tombé dans les bras. Il a retenu ses larmes quand je lui ai annoncé que son pote de toujours avait passé l'arme à gauche.

— Tu crois qu'il aurait prévenu qu'il se sentait pas bien ? C'est tout Louis, ça. Faut dire que ces dernières années on se voyait plus beaucoup. On l'enterre quand ?

— Quand, je peux vous le dire, c'est jeudi matin, mais le problème c'est où.

Un gosse m'a servi d'office une part de fraisier. On était encore loin de la saison des fraises.

— Dans un dernier soupir il a insisté pour qu'on l'enterre près d'une volière. D'après ce que j'ai compris, mon oncle et vous fréquentiez un club de colombophiles tous les vendredis soir. Si vous pouviez m'éclairer un peu là-dessus.

Je ne sais pas ce qui s'est passé mais, juste après avoir dit ça, il y a eu une sorte de silence un peu craquant, comme une corde de pendu qui se détend juste après le lynchage. Étienne a blanchi d'un coup et sa canonique épouse l'a regardé avec une lueur de doute.

— Dis donc, Étienne... Le vendredi, c'était pas le soir où tu tapais la belote chez Louis ? Tu revenais même à des heures pas possibles, et dans des états !

— Je suis vieux et j'ai plus ma tête, m'a fait Étienne. Je suis désolé pour ton oncle, mais ce soir mon couple a atteint l'âge d'or et je te souhaite de vivre ça un jour. Sur ce, je te raccompagne, c'est quand même une fête de famille.

Et c'est ce qu'il a fait, le vieux Ferré. En deux secondes il me poussait sur le palier avec une énergie insoupçonnée pour son âge. Avant de me claquer la porte au nez, il a dit :

— Cinquante ans de boulot quotidien pour en arriver là et tu viens foutre la merde juste aujourd'hui avec ta volière ! Remue le passé tant que tu veux mais pas le mien ! La volière... La volière... Va voir du côté de l'Hôtel des Tilleuls, à Granville, mais ne repasse surtout pas pour me dire ce qu'il est devenu.

Il était onze heures du soir. Plus aucun car ne partait pour Granville. Faute de trouver le sommeil dans ma chambre d'hôtel, j'ai réveillé le veilleur de nuit à qui j'ai parlé du Danube jusqu'au petit matin.

*

Vu de l'extérieur, l'Hôtel des Tilleuls avait ce cachet modeste qui n'inspire que les vagabonds et les touristes en sac à dos. Mais dès qu'on passait le seuil, on se retrouvait dans un petit palace laissé à l'abandon malgré ses heures de gloire. Des boiseries, du velours rouge, un escalier à double révolution soutenu par des atlantes, bref, un vrai décor de cinéma. On m'a demandé si je voulais une chambre. Malgré une certaine fatigue, j'ai eu le courage de dire non. Le jeune concierge n'a pu répondre à aucune de mes questions, l'endroit avait changé trois fois de propriétaires en trente ans avant d'être repris par un trust hôtelier. Le gérant m'a dit à peu près la même chose et personne dans tout le personnel n'a pu me faire avancer d'un pouce. À force d'insister, j'ai bien vu que je commençais à fatiguer tout le monde. J'ai passé un coup de fil au type des pompes funèbres qui s'apprêtait à clouer le cercueil de tonton. Pour me laisser le temps de décider, j'ai pris une chambre à l'Hôtel des Tilleuls. L'après-midi, j'ai traîné dans le coin en posant d'autres questions sans réponses, jusqu'à ce qu'un cantonnier me montre le cimetière, un petit carré discret bordé d'arbres, à un jet de pierre de l'hôtel. J'ai trouvé étrange que, dans une gentille ville comme celle-là, il y ait un hôtel aussi chic pour un cimetière aussi désuet.

La tête vide, sur les coups de vingt-trois heures, devant la télé de ma chambre, je me suis affalé dans la position typique de celui qui vient de passer la main. J'ai repensé à mon oncle qui, sans être fier de moi, devait sans doute, de là-haut, rendre hommage à ma bonne volonté. C'est là qu'on a toqué à ma porte. Un jeune homme avec une tête de conspirateur.

— Je travaille ici, à l'économat. C'est ma grand-mère qui tenait l'hôtel il y a quarante ans. Elle se souvient de votre oncle Louis.

Je l'ai suivi dans la nuit noire et nous nous sommes retrouvés dans un pavillon à la sortie de la ville.

— C'est gentil de faire ça pour moi, rien ne vous y obligeait.

— Faut respecter la mémoire des vieux. Grand-mère, il n'y a plus personne pour l'écouter, c'est comme une honte pour toute la ville. J'aime bien ce que vous faites pour votre oncle.

La grand-mère n'avait pas d'âge, elle vivait dans quelques mètres carrés où elle parvenait à caser tout le bric-à-brac de ses souvenirs.

— Louis Magnaval et Étienne Ferré... À l'époque j'aurais plutôt misé sur le premier, et c'est l'autre qui est resté.

— La volière, ça vous dit quelque chose ?

Elle a laissé échapper un petit rire qui grinçait comme une vieille table

— Qu'est-ce qu'on vous apprend de la vie, de nos jours ? Une volière, tu sais pas ce que c'est ? Ton oncle t'a pas appris ça ? Un clandé, une taule... ? Non ? Un claque, un boxon... ?

— ... Une maison close ?

— C'était comme ça que les braves gens disaient. Les parents de ceux qui me montrent du doigt aujourd'hui. Les ingrats! On devrait me donner la médaille du Mérite. Mais, pour comprendre ça, faudrait remonter à l'époque. Tiens, regarde...

Elle a posé devant moi une vieille caisse à champagne remplie de photos sépia. Sur l'une d'elles on la voyait entourée de ses filles, sur une autre un couple dansait près d'un gramophone, sur toutes semblait régner une franche bonne humeur.

— Attends que je retrouve la bonne...

Elle a fourragé un moment dans le tas et, triomphante, m'en a mis une sous les yeux.

Tonton! Un sourire béat, une guitare entre les mains et un beau brin de fille qui le tenait par les épaules. J'ai repensé à tous ces vendredis qui suivaient de près mes jeudis... Personne chez moi ne pouvait se douter, sinon on m'aurait interdit de le fréquenter, on m'aurait dit que c'était un monstre, et aujourd'hui je serais un autre. Ni meilleur ni pire, mais un autre.

— Le Ferré, c'était le client banal, le tout-venant, un passionné à la petite semaine, on arrive avec une envie folle de faire la fête et on repart avec la honte aux yeux. Ton oncle c'était différent. Il venait en amoureux.

— Pardon?

— Tu vois la fille à qui il chante une aubade? C'était l'amour de sa vie. Ah, ces deux-là... Fallait voir... Ça a jamais roucoulé autant dans une volière ! Il la regardait comme un crapaud mort d'amour, elle se faisait un sang d'encre quand il arrivait en retard. Ça a duré dix ans. Et c'est chez moi qu'ils se sont trouvés, on choisit pas.

Elle semblait dire ça avec une bonne dose de fierté.

— Il aurait pu l'épouser, l'emmener avec lui, je ne sais pas... Tel que je connaissais mon oncle, c'était le genre de choses dont il aurait été capable.

— C'est difficile de dire ça aujourd'hui... C'était comme un contrat entre eux et personne n'avait rien à dire. Les pactes entre amoureux, y en a pas deux qui se ressemblent.

— Qu'est-ce qu'elle est devenue ?

— Un beau matin elle est partie sans rien dire, personne n'a su pourquoi. Les années ont passé. Et il y a trois ans à peine, elle est revenue se faire enterrer ici. Tu sais ce qu'il te reste à faire.

*

Je l'ai reconnue tout de suite. Sur sa tombe, on avait placé un médaillon avec son portrait. Un beau visage de jeune femme qui souriait. À n'en pas douter, c'était à mon oncle Louis. Personne n'a fait de difficulté pour les faire reposer côte à côte. Les pactes entre amoureux, y en a pas deux pareils.

Et je suis rentré à Budapest avec l'irremplaçable bonheur du devoir accompli. Dans les mois qui se sont écoulés, j'ai failli cent fois raconter l'histoire de mon oncle Louis, mais il aurait fallu commencer par le début, depuis la première fois où il a posé les yeux sur moi jusqu'au moment où j'ai fermé les siens, et je ne connais personne doté d'une telle patience.

Dans un bar de Szeged, au moment où je m'y attendais le moins, j'ai rencontré Anna. J'ai tout de suite reconnu en elle « celle qui méritait qu'on l'accompagne une vie entière » comme disait tonton pour consoler le jeune adolescent qui léchait ses premières plaies d'amour. Je me suis promis de ne la quitter qu'un seul jour par an. À la Toussaint.

Faire l'aller et retour pour un pot de chrysanthèmes ? Tonton n'en demandait pas tant. Je suis resté un bon moment devant sa tombe, le regard perdu entre l'Hôtel des Tilleuls qu'on apercevait au loin, et la légère effervescence des cimetières le 1er novembre. C'est là qu'une femme d'à peu près mon âge est venue se recueillir sur la tombe qui jouxtait celle du Louis.

Sans faire attention à moi, elle a posé son bouquet de fleurs, jeté l'ancien, et donné quelques coups de balayette pour rectifier les angles de terre. J'ai eu un petit pincement au cœur quand j'ai reconnu quelque chose de familier dans son visage. Sûrement les petits yeux espiègles dont parlait la voisine de tonton.

— Vous n'êtes pas du coin, j'ai dit.

— Non, j'habite Paris. Je n'ai jamais su pourquoi maman a voulu être enterrée ici.

— Je m'appelle Jean.

— Je m'appelle Louise.

— J'ai une histoire à vous raconter, Louise. Et vous au moins, je suis sûr que vous aurez la patience de l'écouter.

UN TEMPS DE BLUES

Trempé comme une soupe. Pas la petite ondée qui mouille sans le faire exprès, non. L'instant est tropical. Une tempête qui vient de si loin qu'elle déracine les passants et inonde les trottoirs. Je sais qu'elle m'est destinée, la vie ne me laisse jamais en paix. Les gens autour de moi ouvrent des parapluies, trouvent des porches et des encoignures de café. L'enseigne éteinte d'un bar m'attire étrangement sur le trottoir d'en face. Je pensais bien connaître cette rue par cœur. La pluie ne sert qu'à faire déraper de sa trajectoire habituelle. Je vais m'accorder un petit quart d'heure, rien qu'à moi, avant que le monde ne se remette en marche.

Du vieux bois, des bouteilles ambrées, du silence. Mon imper qui ruisselle sur le perroquet de l'entrée. Un long comptoir où je suis seul. Un tabouret. Un couple, au loin, qui boit de la bière en parlant à voix basse. Un serveur impassible et lent.

— Vrai temps de chien, hein?

— Je voudrais un bourbon, sans glace

Un juke-box, dans un coin. Ça existe donc encore. Ça marche avec des pièces ? Peut-être montre-t-il des images, comme les scopitones d'antan. Apparemment non. Hasard ou connivence, le serveur sélectionne un morceau et me regarde. Je crains que ses goûts ne viennent troubler mon quart d'heure de solitude. J'avale une gorgée de bourbon qui me réchauffe la carcasse plus vite que tout le reste.

Pregherò...! Per te... che hai la notte nei cuore...

Stand by me chanté par Celentano. Ça ne va pas me rajeunir mais le pire est évité. J'ai toujours aimé la voix de Celentano, même quand il se risquait à reprendre un standard américain. La mélodie me fait faire un bond en arrière, à l'époque où l'âge d'homme tardait à venir.

C'était il y a plus de vingt ans. Ils allaient voir ce qu'ils allaient voir, tous. Quelque chose allait bien finir par arriver. J'étais un type exceptionnel. Je le savais. J'avais réussi à en convaincre certains. Il ne me restait plus qu'à attendre que ça vienne. *Stand by me... Ohooo Stand by me...* C'était langoureux, un poil ridicule, mais on aimait ça. En attendant les grandes heures de notre vie, on chantait. Des heures qui tardaient à venir, mais on avait tout le temps. Malheur à celui qui doute, il est déjà en train de fléchir ! Honte à celui qui se soumet ! On allait lui en faire baver, au reste du monde. J'étais plutôt beau gosse et les filles m'écoutaient pérorer. Plage, révolution et soutien-gorge. *Stand by me... Ohooo Stand by me...* Les grandes heures tardaient à venir. Et lentement, sans que je m'en aperçoive, j'ai commencé à dire oui à tout.

Le couple, là-bas, se regarde sans mot dire. Amoureux. Celentano les inspire, ces malheureux.

J'ai dit oui à tout, même au temps qui passe. À la longue, même lui vous fait comprendre qu'il peut très bien se passer de vous. J'ai dit oui sans trop le faire entendre. Des petits oui, une longue série de petits oui qui m'ont conduit jusque dans ce bar minable. Comment ai-je fait pour oublier des êtres chers sur l'autel du sacrifice ? *Stand by me... Ohooo Stand by me...* Pourquoi ai-je dit oui à celle qui le voulait bien plus que moi ? Pourquoi ai-je voulu que mes enfants me ressemblent ? Aujourd'hui, je ne sais plus à quoi ils ressemblent. Ils ne me voient plus. Ils ont le courage que je n'ai pas eu au même âge. Pourquoi est-ce que je me force à trouver mes collègues aimables ? Pourquoi ai-je laissé cette maladie imbécile s'installer dans mon pauvre estomac ? *Stand by me...* De la jérémiade, ni plus ni moins. En italien, c'est encore pire qu'en anglais. « Pregherò per te... » Personne n'a prié pour moi, personne ne prie jamais pour personne, pourquoi les chansons nous feraient-elles croire à des mensonges ?

La pluie ne cesse pas mais le morceau si. Il était temps. Je suis aussi minable que ce bar. Je demande un autre verre. Dans cinq minutes, que je le veuille ou non, je serai dehors. J'avais droit à un quart d'heure, pas plus. Et ce crétin de serveur m'en a volé la moitié, avec son juke-box. Et le voilà qui remet ça. Lui aussi m'en veut. Il a décidé de me chasser. Allez savoir pourquoi. Qu'est-ce qu'il a trouvé pour me mettre dehors? Une variété sans âme? Un concerto de Brahms? Une chanson réaliste? Tout est possible, ici.

I woke up this morning...

Un blues? Ça y ressemble. Des strings de guitare, râpeux et métalliques. Encore l'histoire d'un type à qui il est arrivé plein d'emmerdements depuis le réveil. Pourquoi persistent-ils à vouloir sortir du lit, tous? À quoi bon s'entêter? Ça ne risque pas de s'arranger. Et chaque matin sera plus pénible que la veille. Je le sais. Je le sens. La première moitié était déjà lassante, celle qui me reste à parcourir va me demander un courage que je n'ai jamais eu. La voix de ce type est chaude et dense, malgré tout. Il me fait penser à un vieux sage indien nostalgique de la grande nation qu'il guidait. Le goût du bourbon n'en est que meilleur, sans doute une histoire de racines, de terroir. C'est la vodka du tzigane. *I woke up this morning...* Quand je me suis levé ce matin, je ne pensais pas qu'il pleuvrait autant.

Je me souviens de l'époque où je savais arrêter la pluie. Comme un sorcier sioux, mais à l'envers. Les gens ne me croyaient pas et, pourtant, ils finissaient

par le reconnaître. J'ai même gagné des paris. On ne
me croirait plus si je le racontais. Il suffisait que je
me concentre un peu, seul, et la pluie cessait tout à
coup. Combien de filles ai-je épatées avec ce truc.
Je ne sais même plus s'il y avait un truc. J'y croyais
fort, c'est tout, et ça marchait. J'ai rendu le soleil à
tout un village qui n'y croyait plus. J'avais oublié
ça.

Le serveur me verse un troisième verre sans que
je le lui demande.

— C'est celui de la maison.

Je le remercie d'un sourire. La seconde moitié
sera dure. Mais pourquoi ne pas la faire, après tout?
Pourquoi se priver de ça? Et qui sait. Je connais
mieux la musique, désormais. Je ne serai jamais un
virtuose, mais je peux me jouer quelques solos, pour
le plaisir. C'est peut-être ça qu'il faut comprendre.
Apprendre la gamme, longtemps, patiemment, pour
pouvoir en jouer, plus tard. Le bourbon m'emmène
ailleurs, chez ce type qui fait la longue liste des
misères de la journée. *I woke up this morning...* S'il
ne s'était pas levé ce matin, il n'aurait pas écrit une
si belle musique. Il n'y a pas que les gens doués, en
ce bas monde. Il y a aussi les laborieux, comme
moi. Ceux qui n'ont pas fait grand-chose mais qui
ont de la mémoire. Et peut-être que si... que si je me
concentrais, là, un instant, en fermant les yeux...

— Je vous parie un autre bourbon que la pluie
va cesser dans moins de deux minutes.

Le serveur me regarde, un sourire en coin.

— Vous plaisantez, les gouttes sont encore grosses comme des verres de whisky.

— Vous pariez ou pas?

Il regarde sa montre et me donne le top. Le juke-box se tait. J'ai les yeux crispés, fort.

Quand je les ouvre, le serveur, un pan de rideau en main, regarde dehors. Il se retourne vers moi, éberlué.

Je me lèverai demain.

TRANSFERT

Dans une vie de couple, il y a toujours un matin où l'autre vous regarde avec une petite lueur de doute au fond des yeux. De doute ou d'autre chose. Et cet autre chose a quelque chose d'hypnotisant. Pour la première fois, on perçoit une inquiétude chez celui ou celle qui, jusqu'alors, partageait avec vous cette douce et routinière insouciance. Ce que vous ne savez pas encore, c'est que *vous* êtes ce sujet d'inquiétude.

— Tu as bien dormi, Minou ?

Minou c'est Catherine, la femme de ma vie, je l'ai épousée il y a douze ans. Elle se plaint depuis longtemps d'avoir les fesses qui tombent et cherche à m'en persuader, mais je ne note aucune diffé-rence. Entre amis, elle a parfois l'impression de ne pas être à la hauteur dans certaines conversations, et elle a tort. Quand ça lui prend, elle se demande si nous avons fait les bons choix de vie, et je n'en imagine pas d'autres. C'est pour toutes ces raisons que j'aime Catherine. Je n'ai guère qu'une seule chose à lui reprocher : mes cinq secondes d'avance sur elle. Cinq éternelles secondes.

— Tu veux combien de toasts, Minou ?

— Un seul.

Je lui en fais griller deux, parce que, ce matin, nous avons de la confiture d'airelles. Avec l'abricot ou l'orange, elle ne prend effectivement qu'un seul toast, mais avec l'airelle, elle va se laisser tenter par un second, elle ne le sait pas encore, mais moi si. Les voilà, les cinq secondes d'avance. Je suis capable de terminer la plupart des phrases qu'elle commence. Dans un magasin, j'arrive à repérer l'objet qui va immanquablement attirer son regard. Quand nous faisons l'amour, je peux déterminer la seconde exacte où elle va vouloir changer de position. Je sais qu'elle va utiliser l'adjectif *curieux* chaque fois qu'elle goûte au sorbet gingembre, et *volubile* quand elle croise un bavard. Elle ne rencontre jamais personne de loquace, de prolixe ou de verbeux, mais que des gens *volubiles*. Je sais toujours quel soutien-gorge elle porte sous sa robe gris perle.

— Je me ferais bien une deuxième tartine de confiture, moi !

Si je lui conseille un film que j'ai vu, je note sur un bout de papier les trois ou quatre arguments qu'elle va utiliser pour l'encenser ou le descendre. Jamais je n'ai sorti le papier de ma poche pour lui prouver à quel point elle m'est prévisible, j'imagine trop bien la scène qui s'ensuivrait et sa manière de me le faire payer. Catherine est comme ça. Tout le temps. Si l'on imagine, par exemple, le petit déjeuner que nous prenons en ce moment même, je sais, grâce à un léger calcul de paramètres (samedi matin, beau temps, coup de fil de sa sœur hier soir), qu'elle va vouloir me reparler de cette semaine prévue dans les Landes, où sa sœur nous invite depuis des mois. Pour ce faire, elle va vouloir m'appâter avec une partie de pêche.

— Tu sais, mon amour, à nos âges on devrait plus se laisser aller, prendre le temps de se retrouver, s'occuper de soi. Toi, par exemple, tu en as vraiment besoin, en ce moment.

— C'est pas bête ça, Minou. Qu'est-ce que tu suggères ?

— Une psychothérapie.

— ... ? Tu peux répéter... ?

— Tu devrais faire une psychothérapie.

Je crois que c'est la première fois en douze ans qu'elle prononce ce mot. Elle vient de me faire un sourire grave que je ne lui connaissais pas.

— ... Et tu me dis ça comme ça, de but en blanc, après douze ans de mariage, entre deux tartines ?

— J'ai attendu longtemps avant de t'en parler mais, ce matin, le moment est venu.

... Qui est cette femme, en robe de chambre, qui me fait face ?

— Ça fait des mois qu'on ne se parle pratiquement plus, tu es maussade, tu n'as plus goût à rien, même les enfants finissent par le sentir, et ça leur fait peur.

Maussade? Pourquoi n'a-t-elle pas utilisé *morose*?

— Ils t'en ont parlé?

— Tous les deux.

— ...?

— Lorsque tu as eu ton malaise, l'année dernière, on a fait tous les examens possibles, et Dieu merci tu n'avais rien qu'un peu de surmenage. Nous n'avons pas de gros soucis, à moins que tu ne me caches quelque chose?

Je ne lui cache rien, et n'ai aucun mal à l'en convaincre.

— Donc tu gardes sur le cœur des choses sans même t'en rendre compte. Il faut que tu te confies à quelqu'un. Ça peut s'arranger plus vite qu'on ne le croit.

Est-ce bien ma Catherine qui parle, celle que je connais mieux qu'elle-même? Celle qui pose sa tête endormie sur mon épaule à la seconde où j'éteins ma lampe de chevet? Celle qui se contorsionne en sortant de voiture, de peur qu'on n'aperçoive ses cuisses? Celle qui oublie systématiquement ses clés sur la boîte aux lettres quand elle reçoit un avis de recommandé? Est-ce bien la même? Si elle a décidé de me prendre à contre-pied une bonne fois pour toutes, si elle veut me prouver qu'elle est bien plus imprévisible que ça, elle ne peut pas mieux trouver que cette histoire de psychothérapie. Moi, une psychothérapie? Où est-elle allée chercher une idée aussi saugrenue?

— Dis donc, Minou, tu n'aurais pas revu ta copine Françoise?

— Bien sûr que non.

— Tu as feuilleté *Le Nouvel Observateur*, chez les Moreau?

— Au lieu de raconter n'importe quoi, pense à ce que je t'ai dit, tu peux trouver quelqu'un de bien si tu y mets du tien.

Est-ce bien toi, ma Catherine?

*

— Tu as été odieux avec les Moreau.

— Pas plus que d'habitude, Minou.

— Et ne te fous pas de moi, en plus!

— Je les aimais bien avant qu'ils achètent cette baraque dans le Perche. Ils ne nous ont pas fait un ramdam pareil quand ils ont eu leur premier gosse.

— Dis plutôt que tu t'es senti remis en question quand Jacques a parlé de son analyse.

— Quoi?!

— Il a le courage que tu n'as pas.

— Tu ne vas pas remettre ça, non? Il est deux heures du matin, je vais tourner comme un dingue avant de trouver une place, et j'ai envie d'aller me coucher.

— Il s'en est sorti, lui. Jeanne m'en a parlé, dans la cuisine. Il n'est plus dépressif pour un oui ou pour un non. Il a consulté, et ça lui a fait un bien fou.

— C'est pas le moment !

— Tu as vu la manière dont tu me réponds ? Tu n'étais pas aussi irritable avant. Chaque jour tu es un peu plus à cran.

— Non, je suis à cran chaque fois que tu me parles de cette psychothérapie à la con.

— Parce que ça te renvoie à une évidence que tu persistes à nier.

— Si quelqu'un a besoin de consulter dans cette voiture, c'est toi ! Fais-la, cette psychothérapie, si pour toi c'est la clé du bonheur !

Normalement, après une phrase pareille elle devrait hausser les épaules, mais elle ne le fait pas.

— Voyons les choses autrement. Quand tu as mal aux dents, tu vas chez le dentiste ?

— Oui.

— Eh bien, si tu as des angoisses tu vas chez un psy, c'est exactement pareil, ils sont là pour ça. Ce sont des spécialistes comme les autres.

— Mais je n'ai pas d'angoisses, nom de Dieu ! ! !

— Hausser le ton sur sa femme pour la première fois en douze ans, c'est le signe d'une angoisse, faire la gueule matin et soir, c'est le signe d'une angoisse, trimballer un complexe d'échec c'est le signe d'une angoisse, la peur d'aller en parler à un psy, c'est le signe d'une angoisse, et j'en ai plein d'autres.

— Un complexe d'échec ?

— Ne jamais vouloir se battre, et surtout pas contre soi-même, considérer que le combat est perdu d'avance, tu appelles ça comment ?

— ...

— ...

— Monte, Minou, je vais garer la voiture tout seul.

*

Aujourd'hui, au bureau, j'ai été pris de nostalgie en pensant à Minou. La Minou d'hier, celle que j'attendais à tous les carrefours de notre vie, celle qui tissait notre quotidien avec la patience et le talent d'une dentellière. Cette Catherine qui vit sous mon toit est un être surprenant, sauvage, elle me bouscule et se dérobe, et il m'est devenu impossible d'anticiper ses réactions. Il n'y a qu'un seul sujet que je vois venir de loin. Et encore, pas toujours.

— Dis, chéri, tu penses à la fête de l'école, samedi.

— Bien sûr.

— Il faut être là à dix heures au plus tard, c'est l'heure où Julien fait son sketch avec le petit Clément.

— Un sketch, le petit Clément ? C'est pas son copain qui bégaie ?

— Il ne bégaie plus depuis que sa mère l'a emmené voir un psychothérapeute. En trois séances c'était réglé.

— Pas ce soir, Minou...

— Ça fait des mois que ça dure, on ne peut pas continuer comme ça ! Tu fais tout le temps la gueule, tu n'es jamais là même quand tu es là, rien ne t'intéresse, tu ne me vois plus, j'ai l'impression d'être transparente, je ne t'ai jamais connu comme ça. Tu veux que je te dise ? Tu fais une dépression. Et le pire, c'est que tu le sais.

Je m'assois, pris de faiblesse. Je ne devrais pas, c'est comme avouer qu'elle a raison.

— Oui, une DÉPRESSION, je sais que c'est un mot qui te fout la trouille mais il faut que tu l'admettes, sinon ça ne s'arrangera jamais. C'est une maladie comme une autre, ça se soigne. Quelque chose te rend malheureux, on va trouver quoi. Si tu ne veux pas le faire pour toi, fais-le pour nous.

Elle me pose la main sur l'épaule. J'ai envie de hurler mais les enfants dorment dans la pièce à côté.

— Tout ce que je veux, c'est te voir heureux.

*

En quittant l'immeuble, je jette un dernier coup d'œil à la plaque : *François RÉGENT Psychiatre.*

Psychanalyste. Je ne sais même plus comment j'ai eu son adresse. Mon généraliste, sans doute. Ou Jean-Luc, mon collègue. Peu importe. Catherine m'attend, appuyée contre le capot de la voiture, elle jette une cigarette dans le caniveau quand elle me voit et sourit.

— Ça s'est passé comment!?

— Démarre.

J'ai accepté ce rendez-vous parce qu'il me terrorisait. Raison suffisante pour voir ce qu'il y avait derrière. Ai-je donc tant de choses que ça à me cacher? Je n'ai jamais eu peur de rien, avant aujourd'hui.

— Alors, raconte!

Le docteur Régent m'a fait asseoir dans un fauteuil en vis-à-vis du sien, et le quart d'heure le plus pénible de mon existence a commencé.

— Tu savais, Minou, qu'il y avait soixante secondes par minute?

— ...? Je l'ai appris à l'école...

— Tu l'as appris, mais tu n'en as aucune preuve tangible. Tu n'as jamais *éprouvé* ces soixante secondes, tu n'y as jamais survécu. Et quarante-cinq fois soixante secondes, c'est un peu plus que l'éternité.

— Mais qu'est-ce qui s'est passé pendant cette éternité, nom de nom!

— Du silence. Uniquement. Et des yeux. Fixes. Sur moi. Un petit sourire de temps en temps, on se

demande bien pourquoi. Et à nouveau beaucoup de
silence. On ne sait pas si on va en ressortir vivant.
Plus jamais je n'oublierai ce regard-là de toute ma
vie.

— Tu m'as déjà dit ça du précédent.

— Le précédent voulait me voir tous les jours
pendant un an ou deux. Ensuite il aurait consenti à
descendre à trois séances par semaine. Autant aller
directement à Sainte-Anne.

— Et le tout premier ?

— Le tout premier c'était une femme.

— Qu'est-ce que ça change ?

— Comment « qu'est-ce que ça change » ? Tu
me vois parler de ma vie intime à une femme ? Lui
raconter mes fantasmes ?

— Qu'est-ce qu'ils ont de spécial, tes fantasmes ?

— C'est des trucs de garçons, ça. Qu'est-ce qu'elle
pourrait bien y comprendre ?

— C'est quoi ces fantasmes de garçons qu'on ne
peut pas raconter à une femme ? C'est inavouable ?
Des choses que tu ne peux pas vivre avec moi, c'est
ça ? Je ne suis pas à la hauteur ? Mais vas-y, parle !

*

Tout surcroît de travail est désormais le bienvenu, je ne rentre jamais à la maison avant vingt-deux
heures. Le samedi, le moindre prétexte est bon pour

la fuir. Le dimanche, je suis prêt à accepter n'importe quelle invitation pour que Catherine et moi ne restions pas en tête à tête. Les rares fois où ça nous arrive, nous ne parlons plus que de *ça*. Je vais finir par croire qu'elle a raison. Je suis d'une humeur exécrable, je n'ai plus goût à rien, et quand je rentre, le soir, je n'ai pas même un regard pour les miens. Le mot est terrible mais je suis bien forcé de l'admettre : je fais une dépression. Même Jean-Luc, mon collègue, s'en est aperçu.

— Il est tard, tu devrais rentrer, te décapsuler une bière et te passer un film des Marx Brothers.

— Pas envie.

— Rentre chez toi, Catherine t'attend, j'irai moi-même chez l'architecte lui déposer le dossier.

— Non j'y vais. Avec un peu de chance, elle dormira quand je rentrerai.

Est-ce ma faute si je suis terrorisé à l'idée de parler de moi à un inconnu, quitte à me rendre plus malheureux encore ? Catherine veut que je m'interroge sur la violence d'un tel refus et je ne sais plus quoi penser ni comment faire pour sortir de cette spirale. On devrait former des spécialistes de la peur de l'analyse. Des gens qui vous écouteraient, bienveillants, des années s'il le faut, pour un jour vous libérer de cette angoisse.

*

Le porche d'un vieil immeuble. Le dossier ne rentre pas dans la boîte aux lettres de l'architecte, il n'y a pas de concierge. Je cherche l'interphone « Ronsart ».

— Je vous apporte le dossier Guyancourt.

— Je vous ouvre, c'est au troisième !

Dix minutes de gagné, c'est toujours ça de pris. Hier, j'ai traîné une bonne demi-heure au café pour être sûr qu'elle ait fini de dîner. Je n'ai plus faim de rien et le face-à-face n'en est que plus pénible.

La porte s'ouvre, une silhouette apparaît.

Des boucles rousses qui entourent l'ovale d'un visage d'une douceur inouïe.

Accélération du rythme cardiaque.

— J'ai honte de vous avoir fait monter jusqu'ici, entrez une seconde. Vous êtes bien Jean-Luc ?

Bouffée de chaleur. Frissons dans la nuque. Tempes qui battent.

— ...Non, son collègue, Alain, mais je travaille sur le même dossier. Et vous, vous êtes... l'architecte ?

— Je n'en ai pas l'air ?

Elle me tend la main, que je serre, viril, empoté.

Estomac vrillé. Jambes cotonneuses. J'entre dans le vestibule, le dossier me glisse des mains, je le rattrape de justesse.

— Je vais y passer la nuit, il faut absolument que j'en parle demain matin au conseil régional.

— On n'a pas pu avoir le rapport de Gaillac plus tôt, désolé.

— Je sais bien que ce n'est pas votre faute. C'est déjà tellement gentil d'être venu jusqu'ici. Je prenais un petit apéritif, ça vous tente ?

*

Il y a des gens que l'on a toujours connus et qui sombrent dans l'oubli dès qu'ils disparaissent du paysage. Je viens de quitter Élisabeth depuis dix minutes et je vais devoir me forcer à faire comme si elle n'avait jamais existé. Nous avons pris un verre de bourgogne, parlé un moment, elle, assise sur un bras de fauteuil, la jupe légèrement relevée à mi-cuisse, et moi, l'air emprunté dans ma veste en tweed, essayant de passer pour un garçon brillant. J'aurais donné un an de ma vie pour sentir son parfum de près. De tout près. Le pire dans tout ça, c'est qu'il y avait, dans son attitude, un peu plus que de la simple politesse. Pour en être sûr il m'aurait fallu aller bien plus loin que ce verre de bourgogne et je ne saurai sans doute jamais si quelque chose en moi lui a plu. On se demanderait bien quoi, avec la tête que j'ai depuis des mois.

— Tu rentres encore plus tard que d'habitude.

Je ne sais pas quoi répondre et me tais, donc

— Je t'ai laissé une assiette dans la cuisine.

Élisabeth, tu n'auras été qu'un rêve qui se dissipe déjà dans le brouillard filandreux d'un Valium de 150 milligrammes. Un plat de lapin encore tiède m'attend sur le plan de travail. Catherine, triste et douce, me passe la main dans la nuque. Il paraît que nous n'avons droit qu'à une seule femme de sa vie, et c'est sans doute elle.

— Tu m'aimes, Alain ?

— Oui.

— Et mon lapin, tu l'aimes ?

— Oui.

Petit baiser furtif et complice.

— Tu sais, chéri, pendant que je faisais la queue chez le volailler, j'ai entendu une femme raconter comment elle était sortie de sa dépression. Ça faisait plaisir à voir, elle disait que...

J'éclate en sanglots, sans prévenir.

Catherine me prend dans ses bras.

— Tu vois bien, mon amour. Il faut que tu trouves quelqu'un, chez qui tu te sentes à l'aise, quelqu'un de bien.

J'ai pleuré un bon moment, comme un gosse, et je me suis calmé d'un seul coup, comme par miracle. En sortant un mouchoir, j'ai dit, apaisé :

— C'est toi qui as raison depuis le début, Minou

*

Établissement Legrand. Graveur. Un ouvrier travaille sur une machine. Celui que je prends pour le patron, plus âgé, s'approche de moi.

— Bonjour monsieur, je voudrais une plaque comme celle-là.

— La plus classique, c'est en doré, mais j'ai d'autres modèles. Vous avez une préférence pour la typo?

— Non, je veux exactement la même chose.

— Quel nom j'inscris?

— Heu... mettez *Professeur Guyancourt. Psychanalyste. Sur rendez-vous.*

Tout à coup, le patron lance un regard méfiant vers son ouvrier et passe sa main sous mon bras pour m'entraîner dans une arrière-salle.

— Dites, professeur... J'aurais besoin d'un conseil.

Il baisse encore d'un ton. Impossible de comprendre ce qui se passe.

— On peut tout vous dire, à vous, c'est votre métier.

— ...?

— Je fais le même rêve, au moins deux fois par semaine, depuis un an. Je suis avec ma femme sur un Grand Huit, dans une fête foraine. Moi je suis habillé comme d'habitude, mais elle, elle porte sa robe de mariée. Elle a peur du vide, alors elle hurle, et moi, je me retourne et je vois derrière nous deux espèces de clowns blancs qui se foutent de nous, de ma femme et moi. C'est à ce moment-là que j'ai des palpitations, et les rails du Grand Huit se dévissent et on est tous projetés dans le décor, et je hurle encore plus fort qu'elle. Je me réveille en sueur, complètement terrorisé. Après ça, essayez donc de vous rendormir. Ça fait un an que ça dure. Je n'en peux plus et ma femme non plus! Qu'est-ce que vous en dites, professeur?

— À chaud, c'est difficile.

— Le Grand Huit? Les clowns? La robe de mariée...? Qu'est-ce que ça peut vouloir dire, professeur?

— Quand puis-je venir chercher la plaque?

— Pas avant mercredi.

— Je vous donnerai l'adresse d'un confrère, j'ai une liste longue comme ça.

*

— Tu n'étais pas obligée de m'accompagner, Minou.

— Oh toi, je te connais. Tu vas trouver un tas d'excuses pour ne pas y aller, tu serais même capable d'oublier, ça s'appelle un « acte manqué ».

— Elle veut me voir trois fois par semaine, au moins au début. Tu tournes à droite, là, et on y est.

— Les premiers temps je t'accompagnerai à chaque séance, pour une fois que tu trouves quelqu'un qui te convient.

— Comme tu veux, Minou.

Elle s'arrête au bas de l'immeuble, juste devant

la plaque du Professeur Guyancourt qui brille en lettres d'or. Elle m'embrasse sur le front.

— Vas-y, je t'attends, ne crains rien.

Je sors et lui fais un petit signe de la main avant de passer la porte cochère.

— Et sois à la hauteur, hein !

Je grimpe quatre à quatre les marches qui mènent au troisième, Élisabeth m'a entendu arriver et m'ouvre les bras. Nous basculons à terre tous les deux, nous nous battons pour arracher nos vêtements, nos corps roulent jusqu'à la baie vitrée du balcon, je la relève et lui plaque le dos contre la vitre, je ne peux pas résister à l'envie de la prendre là, debout, face au ciel de Paris.

— Et ta femme, elle ne se doute de rien ?

Je retiens un dernier instant toute la fureur de mes sens pour jeter un œil en bas de l'immeuble. Catherine est là, une cigarette au bec, appuyée contre le capot.

— À vue de nez, je dirais non, ma belle.

LA PÉTITION

Il a entendu ce gosse chialer, au loin, dans les cellules du quartier E. Pendant tout le temps qu'a duré la plainte, longue et lancinante, mêlée de ressacs de colère, José Famennes s'est souvenu de ses toutes premières minutes dans ce trou, quand il avait encore lui aussi la force de pleurer. Les pleurs n'étaient en fait que le signe d'un léger mieux, comme un retour en surface après s'être vu noyé, incapable de remonter en apnée dans le tourbillon des murailles. Les pleurs, c'était une longue plage d'où l'on dérive avec langueur, accroché à la chaîne du bat-flanc, jusqu'à se retrouver, sans s'en rendre compte, au beau milieu de l'océan. Et puis le gosse a fini par se taire, comme tous les autres.

José Famennes n'aurait pu s'endormir avant.

En ce bas monde, certaines rencontres ne se font jamais. Un priapique ne rencontre pas de nymphomane, un anonyme ne rencontre jamais les sosies dont tout le monde lui parle, un athée ne rencontre

pas Dieu dans une guerre de tranchées, un para-
noïaque ne rencontre pas la cohorte d'espions qui le
traquent, et un bureaucrate mal noté n'aura jamais
la chance de rencontrer son patron sortant d'un hôtel
borgne.

Mettez ça de côté un instant et imaginez que je
fais des reportages pour une petite radio parisienne
qui n'a même pas de nom, tout le monde l'appelle
99.1, même nos rares auditeurs. Imaginez-moi, Alain
Le Guirrec, en train de quadriller la ville à la recherche d'un sujet décent, ou d'une simple interview, et vous serez en deçà de la vérité. La vérité,
c'est que je passe mon temps à faire causer des
semi-vedettes aussi vides que leur agenda, et des
gens pas plus doués que tout le monde qui n'ont pas
plus de choses à dire. Si je devais résumer l'année
en cours, je dirais que mes plus gros coups sont
une interview de la dernière recrue du Crazy Horse
Saloon, celle d'un poète hongrois qui refusait une
question sur deux, et celle d'un crétin de gymnaste
dont il vaut mieux taire le nom. Maintenant reve-
nons-en à cette histoire de rencontres impossibles et
vous comprendrez qu'un minable journaliste dans
mon genre ne peut compter que sur un miracle pour
décrocher son quart d'heure de grâce. Vous me croirez si je vous dis qu'il a suffi d'un simple coup
de fil, au bon endroit et au bon moment, pour
que l'attachée de presse de l'acteur Harrison Ford
m'accorde, contre toute attente, quinze minutes de

son temps, sur le plateau du film qu'il tourne à Paris ? Harrison Ford soi-même ? Trouver une explication à un phénomène aussi invraisemblable n'a rien de facile et n'incite pas à la gloriole. La dame avait dû mal entendre mon nom ou confondre ma radio avec une autre, mais le rendez-vous était pris et rien ne pouvait plus m'empêcher de faire cette interview, celle pour qui se damnerait la moitié des journalistes de la place, celle qu'attendait la totalité du public. À 99.1, ç'a été une petite révolution. M. Bergeron, le patron, m'a regardé pour la première fois comme un vrai professionnel, un garçon brillant et plein d'avenir qui jamais ne devait oublier qu'il m'avait donné ma chance. Toute la nuit durant, j'ai révisé la filmographie de la star, revu quelques passages choisis parmi ses plus belles prestations, et mis au point des questions qui me semblaient bien plus originales que ce qu'on avait fait jusqu'à présent. Sans aucun doute, Harrison Ford se souviendrait longtemps de notre entrevue, et qui sait, lors d'un de ses prochains passages à Paris, il me demanderait, en personne, et pas un autre. Roger, mon fidèle technicien, devait passer me chercher à 13 h 00 pour être trente minutes plus tard sur le tournage, boulevard de Grenelle, avec une heure d'avance sur le rendez-vous pour éviter les imprévus. À 12 h 55 on a sonné à ma porte, je suis allé ouvrir en saluant la conscience professionnelle de mon collègue.

En fait de Roger, j'ai eu la visite de quatre types dont trois m'étaient parfaitement inconnus.

— Salut Alain. Je te présente Didier, Jean-Pierre et Miguel, on peut entrer ?

Celui qui parlait s'appelait Baptiste, je l'avais interviewé à l'époque où il essayait de lancer un mensuel sur l'actualité parisienne passée au vitriol. Son intervention à 99.1 lui avait servi à lancer un appel à la souscription mais, malgré toute sa bonne volonté, cette belle aventure avait capoté très vite et, en le voyant débouler, j'ai cru qu'il voulait remettre ça.

— Je suis pressé, Baptiste. On va passer me chercher pour une affaire urgente.

— Il ne peut pas y avoir plus urgent que notre affaire à nous. Tu es journaliste, tu vas comprendre. On fait partie du comité de soutien de José Famennes.

Il a attendu que le journaliste en moi réagisse à ce simple nom qu'il lâchait comme une bombe. Il se trouve que le journaliste en moi n'a pas moufté. Et je ne sais pas si c'était l'agacement d'avoir des importuns chez moi ou l'importance du grand rendez-vous à venir, mais j'ai écouté d'une oreille distraite la triste histoire d'un prisonnier politique retenu dans une geôle sud-américaine, dont la condamnation à mort ne devait plus tarder.

— C'est une question d'heures. On a organisé une manif cet après-midi devant l'ambassade du

San Lorenzo, on a des appuis, on ne peut pas le laisser crever comme ça. On fait circuler une pétition.

Il m'a tendu un fascicule couvert de noms et d'adresses. Ça a réveillé des trucs oubliés, enfouis au plus profond de mes jeunes années. Quelque chose de grave a traversé la pièce.

— Deux cent quarante-trois signatures, que des gens motivés et mobilisés. On a un ex-ministre, vingt-huit députés, des écrivains en pagaille, vingt-six journalistes, et plein d'autres, tous triés sur le volet. Avec ça, il nous reste une chance, mais on n'a plus beaucoup de temps pour la communiquer à l'ambassadeur. Après, il sera peut-être trop tard. Il faut que tu en parles à ta radio, il faut mobiliser du monde !

Le pote Jean-Pierre m'a regardé. Le pote Miguel aussi. Et le pote Didier. Comme un gosse pris en faute, j'ai baissé les yeux.

— En parler à la radio ça va être difficile d'ici demain, j'ai un gros coup à assurer tout à l'heure, une star, et je passe son interview dans la soirée.

— Famennes va être exécuté, mec

— Tu y passes maintenant, a dit Miguel d'un ton presque autoritaire. Tu fais un flash spécial pour un appel à la manif de cet après-midi, tu ne peux pas ne pas le faire !

Dans la foulée, il m'a tendu la pétition et un stylo. Le geste que je redoutais depuis le début. Il ne pouvait pas se douter de quel genre de type j'étais.

Un type qui, un jour, a eu peur d'aller en prison après s'être mêlé sans le vouloir à une manifestation d'infirmières. Un type qui préfère éviter les sondages, des fois que ses réponses finissent entre les mains de services secrets. Un type qui n'a pas voté au dernières présidentielles parce que ce jour-là on venait de lui livrer un magnétoscope. Voilà ce que j'avais envie de dire, sans gloire, à Baptiste et aux autres, mais pour avouer un tel manque de courage, il me fallait un courage que je n'avais pas. Avec un air de citoyen responsable, j'ai ajouté, au bas de la liste :

Alain Le Guirrec, reporter, 151 rue de Flandre, 75019 Paris.

C'était le maximum que je pouvais faire, sinon leur souhaiter d'aller le plus loin possible dans leur combat, à condition qu'ils me foutent la paix.

En parcourant machinalement ces quinze feuillets agrafés, le nom d'un des signataires m'a accroché l'œil, juste au moment où Baptiste me les reprenait des mains pour les ranger dans une chemise bleue.

— Tu fais partie des gars sur qui on compte, Alain.

... Marlène... ?

— On doit aller chez un gars de la télé pour avoir sa signature.

MARLÈNE ?

— Ça serait bien que tu puisses passer à ta radio, t'en as pas pour longtemps. Fais-le.

... MARLÈNE MARLÈNE MARLÈNE MARLÈNE MAR-LÈNE...

Tout s'est imbriqué en une fraction de seconde, Baptiste, le nom de Marlène, la fête qu'il avait organisée pour le lancement de son journal, elle était présente, je n'avais vu qu'elle, Marlène, Marlène. Aussi belle que son prénom, blonde, des yeux verts, un cocktail de beauté modeste et de perversité rentrée qui m'avait mis le feu aux sens. J'avais tout essayé pour avoir son numéro, j'avais sorti le grand jeu, parlé d'amour, je l'avais demandée en mariage, et si elle avait dit oui, à l'heure qu'il est j'aurais trouvé un job plus sérieux et nous aurions déjà deux ou trois gosses. J'avais cherché à la revoir sans y parvenir et il me suffisait de lire son nom parmi tant d'autres pour me rendre compte que j'étais loin de l'avoir oubliée. Je me suis demandé si Baptiste et son histoire de prisonnier politique ne me donnaient pas une seconde chance.

— Alors ? Pour la radio ?

Il y a des moments dans la vie où on se dit que le destin vient de vous faire un signe, quand on s'y attendait le moins, et que ce signe est forcément tordu, sinon il serait impossible de le voir, comme un nom perdu sur une liste. En le laissant passer, on risque de le regretter cinquante ans plus tard, quand on sera assis dans un rocking-chair avec un plaid sur les genoux.

La pétition bien rangée au fond de sa serviette, Baptiste était prêt à partir.

— Je ne suis pas sûr d'avoir bien mis mon adresse. Ressors-la, pour voir.

— C'est pas grave, Alain, pense plutôt à la radio.

— Si si, j'insiste, ces trucs-là c'est sérieux, sors-là.

Un peu surpris, il m'a montré les feuillets. J'ai fait semblant de vérifier en les gardant le plus longtemps possible en main, sous le regard impatient de quatre paires d'yeux vaguement déconcertés.

— Bon, on y va, tu penses à nous, Alain.

J'ai retenu sa main une seconde, et c'est là que je suis retombé sur :

Marlène Kirshenwald, journaliste, 3 rue du Temple, 75004 Paris.

Je les ai raccompagnés à la porte en cachant mal une vague excitation qui partait du nombril. Ils m'ont serré la main pendant que je répétais mentalement le nom et l'adresse de la demoiselle, et je me suis précipité sur un bloc-notes à peine avais-je fermé la porte. *Marlène Klarwein, 3 rue du Temple, 75004 Paris.*

L'interview de ma vie, et maintenant la femme de ma vie, un jour à marquer d'une pierre blanche. Marlène Kalwein... 3 rue... rue du Temple ou... ou rue Vieille-du-Temple ? Klarwein ou Kersheval ? Il y a aussi un boulevard du Temple, dans le IIIe ! C'était le 43 ! Ou le 31... ? Marlène Klar... Klarweld ! Et il y a un bout de la rue Vieille-du-Temple dans le III et l'autre dans le IV ! J'ai frappé du poing sur la table, ivre de rage, et me suis rué sur le balcon pour voir Baptiste et les autres grimper dans leur voiture. Le destin ! Le destin est pervers, c'est bien connu, il n'envoie pas un signe sans une épreuve, il faut faire une partie du chemin, c'est ce qui prouve que c'est vraiment le destin.

— Baptiiiste ! j'ai hurlé, pour couvrir le son du démarreur, avant de dévaler les escaliers quatre à quatre.

— Écoutez, j'ai réfléchi, et j'ai une proposition exceptionnelle à vous faire.

Inquiets, ils ont attendu que je reprenne mon souffle.

— La star que je dois interviewer tout à l'heure, c'est Harrison Ford. Est-ce que vous vous rendez compte ?

Vu leurs têtes, ils ne se rendaient pas compte.

— C'est le genre de gars qui ne refuserait jamais de signer une pétition pour une cause aussi importante. Vous connaissez plus grosse star internationale ? Vous imaginez son nom là-dessus ? C'est mieux que tout, mieux qu'un politique, mieux qu'un présentateur de télé.

— ... Harrison Ford ? Tu crois que ça ferait sérieux, dans la liste ?

Je n'ai même pas eu à répondre, Miguel l'a fait à ma place.

— Sérieux ? Ce type-là est un héros pour les trois quarts de la planète, un jour il sera candidat à la Maison-Blanche.

— Il est déjà bien plus écouté que le président américain, a fait Didier.

— Si le gouvernement du San Lorenzo apprend qu'un type comme lui s'est mobilisé, a dit Jean-Pierre, ça peut changer toute la donne.

Ça n'a pas traîné, Baptiste a ressorti les feuillets.

— Elle passe quand, ton interview ?

— Ce soir.

— Si tu réussis à lui faire dire un mot sur Famennes, tu auras peut-être sauvé une vie, a dit Baptiste avec une sincérité inouïe. On se retrouve vers dix-neuf heures devant l'ambassade, je serai en tête du cortège, tu as mon numéro de portable ?

J'ai fait un signe de tête, ils sont remontés dans la voiture. Avant de démarrer, Baptiste et les autres m'ont dit merci du fond du cœur. Ça m'en a presque gêné. Dans quelques heures ma carrière aura pris sa vitesse de croisière, j'aurai peut-être trouvé la femme de ma vie, et, l'air penaud, je rendrai à Baptiste sa pétition en lui disant que la star n'a rien voulu savoir. Pas de pot.

Roger est arrivé et m'a demandé ce que je faisais là, en plein milieu de la rue, avec mes feuillets à la main. Je lui ai dit de patienter une seconde, le temps de remonter prendre mes affaires.

*

Marlène Kirshenwald, journaliste, 3 rue du Temple, 75004 Paris.

En moins de deux minutes, le minitel m'a donné le numéro de la belle.

— Allô, Marlène?

— Oui.

— C'est Alain Le Guirrec, le journaliste de 99.1.

— ... Qui?

Je marque peu les gens, c'est vrai. Mais j'avais déjà de la chance de la trouver chez elle. Destin...

— On s'est vus à la soirée du numéro Zéro du mensuel de Baptiste.

— ...?

— Il vient de me faire signer la pétition pour la libération de José Famennes, tu vas à la manif?

— ... Oui.

— Je ne pourrai pas, j'intervieve Harrison Ford au même moment.

(Ça devrait marcher, ça devrait marcher, ça devrait marcher...)

— Harrison Ford? Le vrai Harrison Ford?

(J'en étais sûr! J'en étais sûr!)

— Oui, le vrai, c'est boulot-boulot. Pour José Famennes, je me suis dit qu'on devrait, nous les journalistes, faire une action commune, on pourrait se grouper au lieu de rester chacun de notre côté, tu vois.

— ...

— Je propose qu'on se voie pour en discuter, dès que j'en ai fini avec Ford.

— ... Où?

(Je suis un génie! Je suis un génie!)

— Au Palatino, c'est un bar dans le Marais.

Roger s'est mis à klaxonner comme un fou, en bas.

— À quelle heure?

— Vingt heures?

— O.K., elle a dit, avant de raccrocher.

Nous appellerons le premier de nos enfants José.

Pour combler un léger retard, j'ai roulé à tombeau ouvert, sans cesser de penser aux hanches de Marlène, aux yeux de Marlène, à ses chevilles cassantes comme du verre, et à tous ces petits bonheurs qui m'attendaient. Roger, nerveux, m'a parlé de son destin à lui, il se voyait crever paisiblement dans un petit mas de Noirmoutier sur les coups de quatre-vingts ans, et pas dans une voiture conduite par un furieux à la recherche d'un acteur, sous prétexte qu'il a joué dans *Star Wars*. Sur place, on a commencé à préparer le set avec une certaine bonne humeur, en plein soleil. J'ai demandé où était la star.

— Il bouffe dans un restaurant avec la production, personne ne sait où. On a retardé le plan de tournage à cause de la météo, vous n'avez plus qu'à attendre vers cinq, six heures ce soir

Avec son air bonasse, ce type était tout simplement en train de m'expliquer que ma vie était foutue. En ce bas monde, certaines rencontres ne se font jamais, quel fou avais-je été de croire que je ferais exception à la règle. À trop convoquer le destin, il s'était senti coincé et ne pouvait donc plus me désigner pour vivre deux événements dans la même journée. Qu'est-ce que j'allais dire à Bergeron? Qu'est-ce que j'allais dire à Marlène? Ford a préféré reprendre un dessert plutôt que répondre à mes questions? Je me suis assis un instant sur les rails du travelling pour faire imploser ma déception. En voyant mon coup de blues, Roger, diplomate comme il sait l'être, a dit :

— T'en fais pas, vieux, il nous reste l'interview du disc-jockey du B.O.A.

Dans ce désert, j'ai repéré un photographe de plateau qui avait l'air d'en savoir plus que les autres. Il m'a assuré que Ford n'était pas du genre à poser des lapins et qu'il serait là à dix-huit heures sonnantes, comme le pro qu'il est. Ne nous restait plus qu'à attendre trois heures sans bouger, à siroter du café entre deux lamentations. C'est là que Roger a dit :

— Toi, tu fais ce que tu veux en attendant, mais moi je vais en profiter pour passer à mon club, y a que ça qui me calme, c'est à deux rues d'ici.

— Un club?

— Un endroit formidable, un truc ultra-privé, j'y vais deux fois par semaine. Tu devrais venir, ça te détendrait, au lieu de tourner en rond.

— Mon pauvre Roger, j'ai envie de buter quelqu'un et tu me proposes d'aller me pavaner dans un club ?

— Justement, c'est le seul endroit où il faut se rendre d'urgence quand on a envie de tuer quelqu'un. (Il a baissé d'un ton.) Mais vaudrait mieux que ça reste entre nous. Personne ne sait que j'y vais, même pas ma femme. C'est mon voisin qui m'a proposé d'essayer une fois et... j'y ai pris goût.

Vous comprendrez qu'on ne résiste pas bien longtemps à une telle proposition.

*

Cinq minutes plus tard nous entrions dans une bâtisse en brique rouge. Au bout d'un couloir un peu austère et d'un escalier en béton, nous avons débouché dans un hangar insonorisé. Quinze types en enfilade, tous munis d'un casque antibruit et d'un flingue gros comme ça, canardaient comme des malades sur des silhouettes en carton animées par des filins. J'ai même cru recevoir une balle perdue dans le tympan, à peine franchi le seuil du stand de tir.

— Qu'est-ce qu'il fait dans la vie, ton voisin ?

— Flic.

Roger, parfaitement à l'aise, m'a présenté à tout le club de tir, et en un rien de temps nous nous sommes retrouvés chacun avec un P38 dans les mains. Je me suis dit que la journée prenait des chemins détournés, inattendus, et parfaitement grotesques.

— Qu'est-ce que tu veux que je fasse de ça ? j'ai dit en montrant la pétoire.

— Essaie, tu vas voir. C'est comme dans les films. Même Ford a appris à tirer dans ce genre d'endroits. Tu vas voir comme ça calme.

— Roger, tout ça ne me dit rien qui vaille.

Pour toute réponse, il a vidé son chargeur d'un trait, et j'ai été obligé de me protéger les oreilles avec un de ces trucs. Plus personne n'a fait attention à moi et je me suis retrouvé seul avec le revolver dans la main, comme une sorte d'interlocuteur resté trop longtemps muet. Roger n'avait pas totalement tort : peut-être que le détour par ce stand de tir allait me faire comprendre quelque chose de fondamental sur la manière dont on fabrique un héros. Il n'y a pas de hasard.

Et puis je n'ai plus pensé à rien, j'ai shooté et shooté et shooté, et le monde s'est évaporé dans un nuage de poudre.

*

Roger m'a bousculé dans le monde réel et tout ne m'est revenu en mémoire qu'à la lueur du jour. Je

puais la cordite et j'avais dans les yeux des espèces de flammèches qui dansaient encore. Le film
a continué un moment quand je me suis retrouvé
devant une machinerie hollywoodienne de décors
et de figurants. Au beau milieu de ce maelström, le
photographe de plateau m'a montré l'agent de Ford
qui hurlait des trucs bizarres vers une caravane.
J'ai vite compris le drame qui se jouait : pour des
raisons connues de lui seul, l'un des plus grands
acteurs du monde refusait obstinément de sortir de
sa loge. Tout le monde a défilé sous son vasistas
pour le supplier. J'ai essayé de m'approcher, tendre
un micro, dire que ma carrière se jouait là, qu'il
n'avait qu'un mot à dire sur 99.1 pour me rendre
célèbre, mais ses gardes du corps m'ont découragé
rien qu'en me regardant du haut de leurs Ray-Ban.
Mon apathie s'est vite transformée en rage noire.
J'ai commencé à penser que Ford allait peut-être
mourir avant notre rencontre, que j'allais faire sa
nécro comme tous les scribouillards du monde, que
j'allais dire les même banalités, et que plus tard,
sous mon plaid, je me souviendrais d'être passé si
près de lui.

— C'était trop gros pour nous, a dit Roger, qui
ne songeait qu'à rentrer chez lui après une journée
de boulot à peine méritée.

Il avait sans doute raison. Le soleil commençait à
baisser, le chef opérateur a dit que le plan était foutu
et qu'il valait mieux remballer. Un instant, je me

suis vu retourner illico au stand de tir pour reprendre mon P38 et tirer sur cette putain de caravane jusqu'à ce qu'Indiana Jones en sorte et me
supplie d'écouter ses raisons.

19 h 30 à ma montre. Je venais sans doute de
rater l'interview de ma carrière mais pas question de
rater la femme de ma vie. Le photographe de plateau a dit que tout n'était pas perdu, la production du film avait organisé une petite fête le soir
même, au Wyatt, une boîte de nuit des Halles, toute
l'équipe était invitée et Ford avait promis de passer.

— Harrison est un type imprévisible, il est
capable de répondre à une interview dans une boîte
de nuit, si j'étais vous je ne jetterais pas l'éponge
tout de suite.

J'ai haussé les épaules en le remerciant tout de
même, puis j'ai sauté dans la voiture, direction le
bar du Palatino, où Roger allait me déposer. Je me
suis repeigné, j'ai mâché un chewing-gum pour
me rafraîchir l'haleine et ôté un instant ma chemise pour la débarrasser de cette odeur de poudre à
canon en lui faisant prendre l'air à travers la vitre.

— On en aura d'autres. Meryl Streep! Jack Ni-
cholson! Tiens, j'ai même un pote qui tient un restaurant où Depardieu va souvent.

La voiture s'est vite embourbée dans un embou-
teillage et j'ai constaté une fois encore que la loi
dite *de l'emmerdement maximal* était la plus invio-
lable de toutes.

— C'est quoi ce bordel, encore ?

Un cortège d'individus nous a barré la route.

— Une manif !

Roger a essayé de discerner une banderole.

— Libérez... José... José... Farrès... ? Qui c'est encore, ce mec ?

La voiture s'est embourbée dans une ornière humaine, et j'ai vu s'estomper, comme au sortir d'un rêve, le visage de Marlène, seule, devant une tequila. Le visage avait disparu pour ne jamais réapparaître.

— José Fa-men-nes, a fait Roger, furieux. Qu'il y reste, en taule, ce con ! J'ai pas que ça à foutre, nom de Dieu ! J'ai promis à Martine d'aller chercher les mômes chez la nourrice.

Tout m'est revenu en mémoire : le prisonnier politique, Baptiste et sa bande de militants, la manifestation, sans oublier...

— Une chemise en carton bleu, Roger ! ROGER ! Une chemise en carton bleu, Roger, une chemise, avec des feuillets dedans, Roger, en carton !

— Y avait bien un truc bleu sur ton stand pendant que tu canardais, mais je crois que tu l'as laissé là-bas.

19 h 45 à ma montre. Baptiste va m'étriper si je ne lui rends pas sa pétition, a fortiori sans la signature que je lui avais promise. Marlène va vite perdre patience et, si je rate cette occasion, le destin ne me fera plus signe de sitôt C'est de ma vie qu'il s'agit, nom de Dieu !

— C'est grave, Roger, va récupérer la chemise, et porte-la de ma part à un type qui s'appelle Baptiste, je m'en souviendrai toute ma vie.

— Pas possible, après la nourrice, il faut que je ramène la voiture à la radio, et, en plus, on attend deux potes pour dîner à vingt et une heures.

— Demande-moi tout ce que tu veux !

— Tes quatre heures d'antenne le samedi après-midi contre ma nuit du lundi, pendant un an.

J'ai accepté ce chantage odieux en me disant qu'il serait toujours temps de renégocier plus tard. Il a noté le numéro de portable de Baptiste, j'ai franchi cette marée humaine pour rejoindre le boulevard Saint-Germain. Au mégaphone, j'ai reconnu la voix de Miguel :

— Il faut forcer l'ambassadeur du San Lorenzo à accepter de nous rencontrer !

Au loin, j'ai vu la silhouette de Jean-Pierre et me suis fait tout petit derrière un cordon de service d'ordre. Dans une rue adjacente, j'ai promis à un taxi un pourboire monstrueux s'il me déposait au Palatino en dix minutes. À 20 h 5, j'avais la main sur la poignée de la porte d'un bar enfumé et presque vide.

Marlène était là, terriblement, comme une belle actrice incognito qu'on reconnaît par surprise. Tout à coup, sur un coin de moleskine rouge, j'ai vu ma vie défiler devant mes yeux. Pas le passé, non, mais l'avenir, jusqu'au bout, jusqu'à mon dernier souffle, un film dans lequel j'entrais en franchissant la porte de ce bar. Sa petite robe rouge que je chiffonnerais bientôt, ses lèvres qui diraient *oui*, ses yeux qu'elle donnerait à nos enfants, ses cheveux que je verrais blanchir. Les joues en feu, je me suis assis face à elle, le barman a dû comprendre mon terrible besoin de vodka et m'en a servi une avant même que nous ayons prononcé un mot.

— Excusez le retard. C'est Harrison Ford. Gentil mais bavard. Il est temps de s'occuper de José Famennes, j'arrive de la manif, ça se présente bien, l'ambassadeur commence à réagir. Je me suis dit qu'on pouvait vous et moi envisager un mariage, quelque chose de rapide, on pourrait...

— Un quoi ?

— Je veux dire que rien ne se fera sans nous, les journalistes, il ne faut pas oublier que la vie d'un homme est en jeu, que nous sommes le seul vecteur capable de sensibiliser une opinion publique saturée de guerres et de catastrophes. Qui en France a entendu le nom de Famennes, hein ? Le temps presse, il faut qu'on bouge, au début ça sera compliqué, il faudra louer un truc pas trop cher, avec une aide aux jeunes ménages, on pourra... Ce que je veux dire c'est qu'on n'a pas le choix, il faut parler des conditions de détention au San Fernando et...

— Au San Lorenzo.

— Ce sont les mêmes ! Famennes est en train de crever au nom des droits de l'homme dans une

geôle pourrie et on reste tous pétris dans notre
égoïsme !

— Il est au Plaza ?

— Qui ?

— Ford. D'habitude il descend au Plaza.

— Pour l'instant il a élu domicile dans une caravane et c'est la croix et la bannière pour l'en faire
sortir. Baptiste et les autres font le forcing devant
l'ambassade, on doit...

— Il est toujours avec cette scénariste ?

— Qui, Famennes ?

— Mais non, Harrison Ford.

— Ça vous intéresse ?

Pour toute réponse, elle m'a servi une demi-heure
de monologue frénétique sur la vie et l'œuvre du
plus grand acteur du siècle, à côté de qui Laurence
Olivier passe pour un danseur mondain et Marlon
Brando pour une rentière capricieuse.

— Je suis amoureuse de lui depuis *American
Graffiti*. Les deux hommes de ma vie sont Han Solo
et Indiana Jones, mais je pourrais en dire autant de
tous les autres personnages qu'il a incarnés.

— Vous ne trouvez pas qu'il est un peu... disons,
d'une autre génération.

— Harrison est un héros. Dites-vous bien que
vous avez eu une chance inouïe de l'avoir approché.

C'est à ce moment-là que Roger est arrivé ventre
à terre avec la chemise bleue.

— J'ai eu un problème.

Avant même de lui demander lequel, j'ai ouvert la chemise pour m'assurer que les feuillets y étaient. Et ils y étaient. J'ai même eu l'impression qu'il y en avait plus qu'à l'origine.

— J'ai écouté la radio, ça commence à faire du bruit, cette histoire de San Lorenzo. Avant de se rendre sur place, l'ambassadeur a accepté de recevoir une délégation du comité, ils ont même parlé de la pétition, il paraît qu'un tas de gens veulent la signer.

— C'est formidable, où est le problème ?

— Le problème c'est que les gars du club de tir ont regardé ce qu'il y avait dans la chemise. Ils ont tout de suite pigé le truc, et ils se sont ralliés à la cause de José Famennes. Regarde...

Je n'ai pas compris tout de suite, et peu à peu m'est apparue une sorte de mosaïque rouge parsemant çà et là les feuillets dans les espaces laissés vides.

— J'ai eu ton pote Baptiste au téléphone, il va t'égorger s'il se retrouve devant l'ambassadeur les mains vides. Jettes-y un coup d'œil, tu comprendras que je préfère que tu y ailles toi-même. Ah oui, j'oubliais, Bergeron a dit qu'il te foutait à la porte de la radio si tu ne ramenais pas l'interview de Ford.

Ernest Lefort. C.R.S.
Mimile des Rouleaux, homme de main.
Colonel Riquet, officier.

Johnny Target, tireur d'elite.

— ... Roger ?

Ricou la Tchatche, président de l'Amicale des anciens de Fresnes.

Albert Donzu, mercenaire en retraite.

— Où t'es, Roger ?

Dino Manelli, gérant de société à Palerme.

Quentin Tiburce, armurier.

Étienne Mangin dit « Brutos », recouvreur de dettes.

— Ça n'a pas l'air d'aller, a dit Marlène sans savoir à quel point elle était dans le vrai.

Roger s'était éclipsé sans demander son reste, et je me retrouvais avec une trentaine de témoignages de solidarité qui allaient inspirer le respect d'un ambassadeur.

— Vous savez que vous lui ressemblez, Alain ?

— ... Hein ?

— On ne vous a jamais dit que vous aviez son regard ? Un truc malicieux dans l'œil, ce petit rictus ambigu qui mêle le sourire au désarroi.

— ... ? Écoutez Marlène, j'ai eu une journée remplie de petites choses inattendues qui finissent par me préoccuper, ce qui m'empêche sans doute de comprendre un traître mot à ce que vous êtes en train de dire.

— Vous me faites terriblement penser à Harrison.

Elle a pris une grande goulée de vodka pour ponctuer sa phrase et, sans doute pour des raisons absurdes et erronées, je me suis brusquement senti important. En y regardant à deux fois, elle n'avait peut-être pas tort. J'avais en moi depuis toujours ce petit truc qu'il trimballe de film en film, cette faculté d'être en état d'implosion permanente sans que personne ne s'en doute, comme si la vie n'était qu'une lutte sans espoir pour ne jamais dégoupiller la grenade qu'on garde bien cachée au fond des tripes. Avec Harrison Ford, je partageais ce calvaire, et plus rien ne m'étonnait désormais, ni ce rendez-vous miracle avec lui, ni ce coup du sort qui m'empêchait de le voir, ni le fait que Marlène soit la première personne à s'apercevoir à quel point nous étions proches. Le détour par le stand de tir et les yeux énamourés de la douce quand elle parlait de lui en étaient l'éclatante confirmation. Rien ne m'a découragé, au contraire. J'ai pris ça pour un ensemble de signaux que seuls émettent les cœurs à prendre, et que notre amour serait plus beau encore si j'arrivais à lui faire oublier ce voyou de Ford. En essayant de me résumer la situation, j'avais une chance unique de me bâtir un avenir sans plus aucun nuage. Pour éviter de me faire virer de mon job, de me faire casser la gueule par Baptiste et les autres, pour effacer les trente noms indésirables de la pétition, pour faire la plus prestigieuse interview de ma vie, pour conquérir le cœur de la belle, je devais aller dans cette boîte de nuit afin de provoquer Harrison Ford en duel et obtenir de lui l'impossible : qu'il signe cette pétition. C'est ce que j'ai proposé à Marlène qui n'attendait que ça. Sur le trajet, une énième raison de me rendre là-bas m'a traversé l'esprit, un truc qui m'avait un instant échappé, un truc qui pouvait éventuellement faire de moi un mec bien : sauver la tête de José Famennes.

*

Je m'attendais à parlementer des heures avec les videurs afin qu'ils nous fassent l'honneur de nous laisser entrer au Wyatt mais le photographe de plateau a tout arrangé, pour le plus grand bonheur de Marlène. Il m'a à nouveau juré que Harry serait des nôtres. Le temps de se descendre deux vodkas, on a eu droit à un strip-tease qui rivalisait de glamour avec une pub pour l'eau de Javel. Le D. J. a embrayé comme pour sauver une ambiance déjà moribonde, et une cohorte d'énervés a envahi la piste pour se trémousser au son d'une musique vraisemblablement moderne. Marlène a bu une énième vodka (l'appréhension avant de rencontrer le grand homme) et son coude a raté deux fois l'accoudoir du fauteuil. Quand nous serons mariés, je poserai un verrou dans le meuble du bar. Je l'ai vue se lever pour tituber vers la piste où elle s'est taillé une grande part de succès en créant son espace vital à coups de genoux. J'ai senti monter le taux d'adrénaline général, les danseurs s'éclaboussaient de gerbes de sueur pendant que Marlène, folle de joie, s'abandonnait à une danse mystique à base de convulsions pelviennes. Spectacle que je tairai plus tard à nos enfants. Très pro, j'ai vérifié le bon fonctionnement du magnéto en buvant l'ultime gorgée de vodka et j'ai appelé Bernard qui tenait l'antenne de 99.1 pour lui demander d'annoncer l'interview. C'est en remontant du sous-sol que j'ai vu une chemise en carton bleu voleter dans les airs et passer de main en main. En une fraction de seconde, je me suis rendu à l'évidence, cette pétition vivait sa propre vie sans se soucier de qui la possédait, elle se dérobait à la première occasion pour continuer son chemin, toute seule, et son désir d'exister la rendait plus forte à chaque nouvelle signature. J'avais désormais plus besoin d'elle qu'elle n'avait besoin de moi, et j'ai crawlé comme un damné au milieu du magma humain pour tenter de la happer au passage. Le crâne en feu, j'ai allongé quelques gifles à des noceurs qui faisaient obstacle entre la pétition et moi, et j'ai fini par l'arracher des mains d'une espèce de créature à paillettes. Au beau milieu de cette décharge de décibels et de corps moites pris de fureur, j'ai regardé d'un œil vide les feuillets qui ruisselaient entre mes mains. Une flaque de whisky dégoulinait sur la page de garde et venait de réduire une bonne vingtaine de signatures en une délicate coulée noire. Ce qui n'était pas encore dramatique, comparé aux pages suivantes.

Hot Lips Linda, strip-teaseuse.
Gino Montaldo, danseur mondain.
Mado Frou-Frou, transformiste.
Didier, Eddie, Paulo, videurs.
Ricky Royal, guitar hero.
Bambi Crazy Legs, artiste.

Sans parler de deux joyeux drilles qui se tenaient les côtes en me regardant, et qui avaient écrit dans une marge :

Jean Peuplu et Sam Eclatt, boute-en-train.

Des sentiments mêlés se sont emparés de moi, en même temps qu'un sérieux coup de fatigue. Partagé entre l'envie de fracasser la tête du premier innocent venu et celle de fuir, loin, dans des contrées perdues, là où l'on peut écouter l'herbe pousser et les insectes s'envoyer en l'air. Et puis, une sorte de compassion bizarre pour l'humanité entière m'est apparue. Toutes ces âmes, si tordues soient-elles, qui, malgré leur destin, leur dérive, prenaient le sort de Famennes à cœur et apportaient leur modeste contribution à sa cause d'un coup de griffe en bas de page. Il valait mieux voir ça comme ça, non ?

Il y a eu un roulement de tambour, un fracas de cuivres, et tout le monde s'est figé . Harrison a fait son entrée dans les lieux, au milieu d'un petit essaim fébrile qui s'est approché de nous. Marlène est montée sur une banquette pour tenter de le discerner, et j'en ai fait autant. Je l'avais tant attendu. Espéré. Et même si je devais lui faire cracher une

minute d'interview pour ne pas me retrouver au
chômage, lui faire signer une pétition pour sauver la
vie d'un homme, lui dire à quel point nous étions
faits pour nous rencontrer, lui présenter la femme de
ma vie pour qu'enfin elle me préfère à lui, la première urgence, à cette seconde, c'était de le voir.

— Paraît qu'il vient de se faire agresser dehors
par cinq cents personnes, quelqu'un a dit.

— Des fans ?

— Peut-être, mais pas commodes.

Il n'a pas même eu le temps de s'installer, les
videurs n'ont rien pu faire quand la meute est
entrée, Baptiste en tête, le regard déformé par la
haine, un cri de guerre à la bouche, ordonnant le
pillage à ses troupes.

— Attrapez-le, ce pourri !

Je me suis demandé ce que Ford avait bien pu
leur faire pour les mettre dans cet état. Mais j'ai
mieux compris qui ils cherchaient vraiment quand
j'ai vu Marlène, juchée sur sa banquette dans un
état second, pointer un doigt vers moi en regardant
Baptiste.

— Il est là, avec sa pétition ! Tout est de sa
faute ! Il ment, il est fourbe, ne le laissez pas
s'échapper !

Baptiste, les yeux fous, a hurlé en me voyant, des
verres ont commencé à voler, une bousculade générale a renversé les tables et un cataclysme a ravagé
la salle. Une lame de fond d'une violence inouïe a

submergé hommes et femmes, l'ivresse, la rage, la peur, et moi, seul, rampant sous les banquettes en essayant de survivre. Les gardes du corps de Ford ont sorti des revolvers et formé une sorte de carapace autour de lui, le climat de violence a redoublé d'un coup, et je ne sais pas ce qui m'a permis de tenir jusqu'à cette sortie de secours, sans doute l'image imprécise d'un demi-millier d'individus cherchant à me lyncher en place publique. Marlène, pourquoi m'as-tu trahi ? Nous aurions pu vivre quelque chose d'exceptionnel, toi et moi. Avec le temps, tu serais devenue moins frivole, nous aurions eu de merveilleux enfants, José, l'aîné, et Harrison, le petit. Nous aurions remplacé la vodka par la camomille, nous aurions construit un petit havre de paix, loin de Paris et de sa folie, loin du monde en marche. Marlène, tu étais sans doute mon destin, il n'a pas jugé bon de te le faire savoir. À bout de souffle, j'ai retrouvé l'air du dehors et me suis mis à courir comme un fou dans la nuit en me risquant çà et là dans des ruelles inconnues, puis j'ai grimpé dans un taxi qui devait avoir l'habitude de ce genre de situation.

— Où on va ?

Je lui ai donné l'adresse de 99.1, c'était sans doute le seul endroit au monde où j'avais une chance de sauver ma peau. J'ai même demandé au chauffeur de chercher la fréquence de la radio, histoire de prendre la température. J'ai entendu la voix de Bernard qui terminait l'édition de minuit.

« Pour des raisons encore inconnues, la discothèque le Wyatt a été mise à sac par plusieurs cen-
taines de manifestants qui cet après-midi faisaient
le siège de l'ambassade du San Lorenzo. Harrison
Ford, en tournage à Paris, venait de se réfugier dans
la discothèque après une vive altercation avec les
manifestants. »

Quand je suis entré dans le studio, Bernard venait
de lancer un disque de Charlie Mingus pour calmer
l'ambiance. Je me suis précipité à mon bureau en
renversant tout sur mon passage.

— Je suis innocent, Bernard, il faut que tu me
croies...

— C'est à cause de toi, ce bordel au Wyatt?

— Je suis innocent, je te dis. J'ai besoin d'une
zone franche où l'on respectera mon immunité de
journaliste.

— ...?

— Je n'ai rien à voir avec les crimes dont on
m'accuse. Préviens le consulat, l'ambassade, la
cour internationale de justice, je veux un passe-
port diplomatique et un droit d'asile dans un pays
qui refuse l'extradition, Bernard.

— Bergeron t'a foutu à la porte, il n'a pas digéré
que tu le mènes en bateau avec cette histoire d'interview bidon d'Harrison Ford.

— Harrison Ford... Qu'est-ce que vous avez avec
ce mec? C'est jamais qu'un acteur, un gars qui sait
dire trois mots devant une caméra, comme toi et

moi si on nous le demandait. Il sait tenir un flingue ? Moi aussi, je l'ai fait, et pas plus tard que cet après-midi. Il a déjà risqué sa vie pour de bon ? Non ? Eh bien moi, si.

Il m'a écouté, une lueur d'inquiétude dans l'œil, jusqu'à ce le téléscripteur crépite. Derrière la vitre, je l'ai vu pâlir, et s'acheminer vers le micro pour couper la chique à Mingus. Il avait beau lire, on avait l'impression qu'il cherchait ses mots.

« Une dépêche de l'A.F.P. nous informe qu'un groupe d'individus armés a pénétré dans la discothèque le Wyatt. Il s'agirait, je cite, des membres d'un club de tir du boulevard de Grenelle. Les gardes du corps d'Harrison Ford, déjà échaudés par l'intervention des manifestants du comité de soutien de José Famennes, ont ouvert le feu afin de protéger l'acteur. Harrison Ford s'est déclaré victime du harcèlement d'un journaliste prêt à tout pour lui soutirer une interview qu'il n'a jamais accordée. Il semblerait qu'après une explication entre les divers opposants un terrain d'accord ait été trouvé. Les clients de la discothèque, les gardes du corps, les manifestants et les membres du club de tir se dirigeraient en ce moment même vers les locaux de... d'une radio... 99.1... afin de... »

Il y a eu comme un blanc terrible à l'antenne et dans nos esprits. J'ai imaginé Bergeron, l'oreille collée à son tuner, et me suis raccroché le plus longtemps possible à cette vision, comme une espèce de paravent mental qui m'en cachait une autre, bien plus terrible. Dans un état proche du mien, Bernard a réuni un reste d'énergie pour conclure :

« L'A.F.P. nous précise par ailleurs, selon une dépêche provenant du San Lorenzo, que José Famennes va être exécuté demain matin. »

C'est à ce moment précis qu'un brouhaha nous est parvenu, quelque chose de sourd au début, puis une cacophonie montante, de plus en plus précise, de plus en plus haineuse. Quand l'escalier s'est mis à trembler, Bernard a foncé pour fermer la porte blindée de la station. De quoi les retarder d'à peine cinq minutes. Je me suis précipité vers l'escalier de service pour aboutir dans une courette vide, puis dans une rue adjacente. Au loin, j'ai vu la meute s'engouffrer entièrement dans le bâtiment, Baptiste en tête. Une silhouette à ses côtés invectivait la foule en anglais et m'a remémoré de façon troublante une scène de *Star Wars*. J'ai couru une bonne heure dans les rues sans savoir où aller. Mon appartement ne devait plus être que décombres, mes amis avaient ordre de tirer à vue, et j'ai imaginé Paris tout entier mobilisé dans une chasse à l'homme. J'ai erré jusqu'à trois heures du matin, avec la peur au ventre et les larmes aux yeux, j'ai eu envie de m'isoler entre quatre murs pour ne plus jamais en sortir en attendant la fin de la guerre. Dans un coin pourri, j'ai repéré cet hôtel repoussant de laideur.

*

Je m'assois sur le lit sale. Dans un silence total, je parcours des yeux le tracé du papier peint arraché, les graffitis gravés dans le plâtre. Je me passe un peu d'eau sur le visage, au milieu des cafards qui rampent autour de la bonde moisie du lavabo. Tout à coup, j'entends du bruit derrière la porte, ce sont eux, ils m'ont retrouvé, ils vont me faire la peau, je l'ai toujours su, je l'ai déjà accepté. La peur me vrille à nouveau les entrailles, je laisse échapper une petite plainte d'enfant et me reprends tout de suite. Cette peur me fait honte. Le bruit n'est pas fracassant, pourtant. Un son étrange, un choc feutré. Il s'estompe lentement. Je soupire un grand coup, soulagé. Je m'allonge. Les yeux clos, je laisse une foule d'images vagabonder dans ma tête, sans chercher à les maîtriser. Je suis loin, dans un pays inconnu, là où la chaleur et la misère envahissent les rues et les êtres.

Je vois.

Je vois un homme. Les tempes grises, les yeux résignés, assis par terre, les genoux ramenés vers lui, près d'une cuvette en émail ébréché. Il est maigre à faire peur. Ses gestes sont trop lents. Une barbe folle lui a mangé tout le visage. Aussi longtemps qu'il vivra, ses yeux ne riront plus jamais Des bottes martèlent le couloir, il dresse l'oreille. Elles passent très exactement vingt et une fois par jour, il pourrait presque en déduire l'heure qu'il est. Les bottes font entre quarante et quarante-cinq pas à chaque passage. Au second passage de la journée, on entend le tintement des clés qui ouvrent entre une et trois serrures, chaque fois différentes. Cette fois encore, les bottes s'éloignent, il respire une bouffée d'air. Il attend, en silence, que quelqu'un vienne ouvrir cette porte, une bonne fois pour toutes. Certains soirs, il prierait Dieu pour que ça arrive enfin. Il attend depuis si longtemps qu'il a presque oublié ce qu'il faisait là. Il n'avait pas mis le palais royal à feu et à sang, il n'avait pas formé un bataillon de soldats rebelles. Il avait juste dit *non* quand tous les autres le pensaient si fort. Le courage n'avait rien à y voir, il le fallait, c'est tout. Et il s'était retrouvé là. Des milliers de gens, peut-être des millions, finiraient bien par le savoir, par-delà les océans. Il ne comptait déjà plus sur eux.

J'ai voulu m'endormir pour chasser le regard de l'homme. Ses yeux obsédants de tristesse ne me laisseraient plus en paix pour le reste de mes jours. Au plus profond de la nuit, je me suis senti proche de lui. Si proche que j'ai cru l'entendre pleurer.

En ouvrant les yeux, de retour dans cette chambre infâme, j'ai compris qu'on pleurait vraiment, avec de vraies larmes, à quelques mètres de moi. J'ai tapé contre la cloison pour que ça cesse mais ça n'a servi à rien.

Pleurnicheries, jérémiades...

J'ai trouvé cette douleur incongrue, exagérée, et même ridicule au regard de toutes celles qui saignent le monde. De toute façon, ça ne me regardait pas et rien que je puisse faire ne pourrait l'atténuer. Rien.

Et puis, une seconde plus tard, j'ai pensé exactement l'inverse. J'ai pensé qu'il n'y avait pas de peine perdue, que le plus petit geste insignifiant pouvait à tout moment faire basculer les destins et rendre l'espoir. J'ai toqué à la porte voisine, personne ne m'a répondu. Une table s'est mise à brinquebaler, j'ai ouvert

Il ne devait pas avoir plus de vingt-cinq ans. Debout sur la table, il fléchissait les jambes de façon grotesque pour ne pas heurter le plafond avec sa tête. La manière dont il se débattait pour nouer la cordelette autour de son cou sans cesser de geindre faisait peine à voir.

— Vous comptez vous suspendre à l'ampoule ? Un grand garçon comme vous ?

Honteux d'avoir été surpris, il s'est mis à chialer de plus belle.

— Quelle que soit votre douleur, vous la regretterez après vous être brisé le coccyx.

Deux minutes plus tard, il était assis dans son lit et moi sur une chaise, face à lui. J'ai pensé que le plus gros du travail était fait. Il s'est mis à parler dans un français impeccable malgré une pointe d'accent hispanisant.

— J'ai eu une journée épouvantable, il a dit.

— Ah oui... ?

— Ma vie est foutue Mon père me harcèle pour que je rentre au pays, et il n'en est pas question. Il a beau être mourant, il est encore très riche et très puissant. Il serait capable de tout pour que je revienne. Il m'a envoyé ici pour faire mes études et maintenant je n'imagine plus vivre ailleurs. J'ai rencontré une jeune fille. Il ne veut pas en entendre parler, il dit que j'ai des responsabilités, que je ferai un mariage princier avec une femme du pays. J'ai envie de mourir !

— Je suis sûr que si vous lui parlez, il finira par comprendre. Ce n'est sûrement pas un mauvais homme. Vous ne pouvez pas lui faire ça, à la veille de sa mort.

— Comprendre, lui ? Mais vous ne vous doutez pas du monstre qu'il est ! C'est un despote ! Un vrai !

— Vous n'y allez pas un peu fort ?

— Pas du tout ! Il a envoyé des sbires à ma recherche, ce pour quoi je me retrouve dans ce petit hôtel minable ! Ils vont finir par m'avoir.

— Écoutez, vous êtes en état de choc, c'est normal de faire un peu de paranoïa, mais demain matin vous v verrez plus clair.

— Demain matin je serai entre leurs mains, et dans moins d'une semaine je suis le chef d'État d'un pays à feu et à sang.

— Il n'est pas si puissant que ça, votre père. C'est un industriel?

— C'est un despote, je me tue à vous le dire! Il s'est élu président à vie de son pays où il fait régner la terreur, et il veut que je prenne sa succession.

— Où?

— C'est une petite île au sud de la Caraïbe, vous ne connaissez sûrement pas, le San Lorenzo.

Dès qu'il a dit ça, j'ai eu envie de retourner dans ma piaule pour pleurer sous un couvre-lit jusqu'au petit matin.

— Vous avez choisi ce bled par hasard ou c'est vraiment pour me porter le coup de grâce?

— Vous voulez que je vous montre mes papiers? Mon visa? Mon blason?

J'ai essayé de rassembler mes esprits, ce qui m'a pris un temps fou et une énergie insoupçonnable à cette heure de la nuit.

— C'est quoi votre nom?

— Ernesto.

— Ernesto, vous allez sans doute trouver ça absurde, mais j'ai peut-être une solution.

— Ça m'étonnerait, ma vie est foutue.

— Vous avez entendu parler de José Famennes?

— Jamais.

— Et de l'ambassadeur du San Lorenzo en France?

— Lui, je le connais, il m'a fait inscrire à l'E.N.A. sans passer le concours.

— Parfait. Il s'envole dans moins d'une heure pour le San Lorenzo et vous le suivrez. Vous allez devenir un héros national. Mais je préfère vous expliquer tout ça dans le taxi, le temps nous est compté.

*

Le gosse, plus futé qu'il n'en avait l'air, a tout de suite compris le plan que j'avais en tête. Se précipiter au chevet de son père et lui demander la grâce de José Famennes contre la promesse de prendre sa succession à la tête du pays. En quarante-huit heures, il réinstaure la démocratie et le droit de vote; un mois plus tard, il est élu à l'unanimité et épouse sa petite Française qui ne demandera pas mieux que de passer son temps à choisir la couleur des nappes dans les dîners officiels. Pour tout ça, il fallait que le taxi arrive avant le départ de l'ambassadeur. À moitié réveillé, le chauffeur de taxi ne se doutait pas du caractère historique de sa course.

— Vous me ferez l'honneur d'accepter mon invitation au San Lorenzo, Alain?

J'allais le remercier avec enthousiasme quand le chauffeur, dans un geste rituel de petit matin, a allumé la radio. Le ciel était clair, déjà, et j'ai senti que la journée serait radieuse pour la terre entière.

« Nous venons d'apprendre que José Famennes vient d'être exécuté dans sa prison du San Lorenzo où il était détenu depuis trois ans. L'ambassadeur était sur le point de... »

J'ai demandé au chauffeur de couper la radio et de ralentir.

Je ne connaîtrai sans doute jamais de héros comme José Famennes. Le seul qui ne m'aurait pas refusé une interview. Que voulez-vous, en ce bas monde, certaines rencontres ne se font jamais.

LE 17 JUILLET 1994
ENTRE 22 ET 23 HEURES

Vous savez, vous, ce que vous faisiez le 17 juillet 1994 entre 22 et 23 heures ? Non ? Moi non plus. Personne ne le sait.

— Il m'a fallu des années pour remonter jusqu'à toi, c'est dire si j'ai de la patience à revendre. Je n'en suis plus à une nuit près et je ne sortirai de ce bureau qu'avec tes aveux signés !

Pas la peine de hausser le ton, inspecteur. Cela fait partie de vos méthodes et de vos privilèges, je sais, mais ça m'empêche de réfléchir. Si vous aboyez, comment voulez-vous que je fouille dans mes souvenirs ? Seul le coupable sait ce qu'il faisait le 17 juillet 1994 entre 22 et 23 heures. L'innocent l'a oublié depuis longtemps. Surtout si on lui pose la question.

— On y mettra le temps qu'il faudra mais tu parleras.

Si le soir du 17 juillet 1994 j'avais tué un type, je m'en souviendrais. Ces choses-là marquent. Le 17 juillet 1994 entre 22 et 23 heures, je n'ai tué personne. De nos jours, l'erreur judiciaire a quelque chose de désuet. De honteux, presque. L'innocent que je suis pensait que la police avait fait des progrès, depuis le temps. Comme la médecine. À l'heure où l'on guérit deux cancers sur trois, on est en droit d'espérer que la police est capable de dépister deux innocents sur trois suspects. Le problème, c'est que pour l'instant votre seul suspect, c'est moi. Et je ne sais pas ce que je faisais le 17 juillet 1994 entre 22 et 23 heures.

— J'ai des collègues tout frais derrière la porte, tu sais. Prêts à prendre la relève.

J'ai oublié 1994. Y a-t-il eu un été, cette année-là ? Je ne me souviens d'aucune touffeur nocturne. Ni du bonheur de l'eau glacée, ni des jupes courtes des femmes. On ne peut pas me mettre en prison parce que je ne me souviens pas de cet été-là. Quel genre de type étais-je ? Un drôle de mec qui attendait l'avenir, en stand-by de sa propre existence, un passager qui s'ennuie durant le transit. Je n'ai rien pu faire d'extravagant ce jour-là entre 22 et 23 heures : je suis plutôt du matin. Le soir je ne suis bon à rien, je somnole. Personne ne peut compter sur moi, j'oublie tout. Comment voulez-vous que je sois assez vif pour assassiner quelqu'un ? Monsieur l'inspecteur, vous m'imaginez vous dire : *le 17 juillet 1994 entre 22 et 23 heures, je somnolais.* Je somnolais un soir d'été frileux d'une année inutile. Vous seriez déçu. J'y mets pourtant toute la bonne volonté du monde. Ce ne sont pas des atermoiements. Je me concentre, même si ça ne se voit pas. Tout le monde aimerait savoir ce qu'il faisait durant *cette heure-là*. Comme une bouffée de sa propre vie qui remonterait en surface. Il suffirait d'un détail infime et tout un bloc espace/temps me reviendrait en mémoire d'un seul coup.

— Nous savons que tu étais à Paris au moment des faits.

Oui, je crois que j'étais à Paris. J'aime regarder le défilé du 14 Juillet sur les Champs-Élysées. J'y vais seul, toujours. Il me serait déjà impossible de prouver que le 14, j'étais aux Champs-Élysées, malgré des milliers de témoins tout autour de moi. Comment voulez-vous que je prouve que, trois jours plus tard, je ne tuais pas cet inconnu dans ce coin désert ? J'aimerais qu'on me présente un type qui soit capable d'avouer ce qu'il faisait durant *cette heure* précise. Qu'est-ce que vous faisiez ce soir-là, inspecteur ? Vous seriez bien embêté de le dire, hein ? Vous avez peut-être tué cet homme. C'est pour ça que vous vous acharnez sur moi avec tant d'enthousiasme. En tout cas, vous n'aimeriez pas qu'on sache ce que vous faisiez durant *cette heure-là*. Quelque chose de coupable ? Ou de minable, ce qui serait bien pire ? Qui vous dit que *cette heure-là* était propre ? Au-dessus de tout soupçon ? En une heure, on peut en commettre, des bassesses. Soixante minutes... autant dire une éternité. Quand on sait qu'on peut tomber amoureux en huit ou dix secondes. Quand, l'espace d'un battement de cils, une balle peut foudroyer un cœur qui marchait si bien depuis quarante ans. Cela fait déjà quatre heures que je suis assis dans ce bureau, à regarder mes pieds de peur de croiser vos yeux, monsieur l'inspecteur. Ces quatre-là, je les aurai perdues mais je ne les oublierai plus.

— Le silence n'a jamais été un bon système de défense. Si tu nies les faits, dis-moi au moins où tu étais ce soir-là.

Ne vous a-t-on pas appris à l'école de police que chaque moment que l'on passe dans une vie n'a pas forcément l'étoffe d'un alibi ? Pour vous prouver que *cette heure-là* n'avait rien d'exceptionnel, il faudrait que je vous parle de toutes les autres, mais il vous manquerait la patience d'un psychanalyste et la curiosité d'un ami. Il faudrait que je commence par le début, il y a bien longtemps, à l'époque où je croyais que les rêves faisaient plus de bien que de mal. En faisant un effort, je pourrais me souvenir de quelques bons moments du temps passé. Les poètes disent qu'on ne garde que ceux-là, les autres s'oublient. Optimistes, les poètes... Ils ont peut-être raison, après tout. Au lieu de perdre un temps fou à retrouver *cette heure-là*, perdue à jamais dans les tréfonds de ma propre histoire, il me serait bien plus agréable de repenser aux deux ou trois heures de ma vie qui valaient la peine d'être vécues.

... Le Pic du Mail, en plein soleil. J'avais les genoux en sang mais j'étais arrivé le premier...

... Jeanne, allongée sur la nappe à carreaux, en train de poser pour le Polaroid...

... L'ouverture de la « Boîte à Malices » de mon père, bien longtemps après sa mort...

Le jour va se lever bientôt et je n'aurai pas le temps de vous raconter cette histoire-là. La triste histoire d'un homme pour qui une heure en vaut une autre.

— Mens, nom de Dieu ! Mens, mais dis quelque chose !

Si vous y tenez tant que ça, pourquoi pas ? Ce 17 juillet 1994 était peut-être le jour le plus exceptionnel de l'année. Entre 22 et 23 heures, j'ai peut-être vécu un très beau moment. Une perfection d'alibi ! De quoi clouer le bec d'un inspecteur qui cherche à réveiller le coupable en moi.

Ce fameux soir du 17 juillet 1994, au beau milieu de l'esplanade du Trocadéro, j'ai dessiné à la craie une *Pietà* d'une beauté fulgurante et porteuse d'espoir pour les peuples désenchantés. J'ai couché avec une femme magnifique et peu farouche dans un jardin public. J'ai eu une conversation passionnante avec un suicidaire assis sur un parapet du Pont-Neuf. Et qu'importe si ma *Pietà* a disparu dès la première averse, si cette femme s'est dissoute dans la nuit après deux heures d'extase, et si ce désespéré a fini par se jeter à l'eau. Tous les trois auraient pu m'innocenter.

Vous ne vivez jamais ce genre de moment-là, inspecteur? Moi non plus. *Cette heure-là* n'était pas le point d'orgue de ma triste existence, pas même le petit pic d'un quotidien sans relief. Et c'est justement parce qu'elle est tombée dans l'oubli qu'elle devient la plus importante de toute ma vie. Paradoxe cruel, non?

— Dis-nous où tu as trouvé le revolver?

Un revolver? Moi? Je serais incapable de trouver un trombone dans une papeterie. Le 15 juillet 1994, entre 5 et 6 heures du matin, je n'étais pas dans un bar sordide dans le coin le plus louche de la ville à la recherche d'un type qui me vendrait un revolver. Jamais je n'aurais su comment m'y prendre. Pister un revolver doit être aussi pénible que de s'en servir. Je n'ai encore jamais réfléchi à la question mais, si j'avais à tuer quelqu'un, j'utiliserais un autre moyen. Quelque chose de plus *naturel*. Je suis un gosse de la campagne. Là où l'on tord les cous, où l'on saigne, où l'on assomme, où l'on noie. Pas un revolver, non, ces objets-là peuplent un autre monde que le mien.

— Puisque tu ne veux rien dire sur ton alibi, on va parler mobile. Pourquoi en voulais-tu à ce type?

Je n'ai pas tué cet homme et c'est tant pis. Après tout, il le méritait peut-être puisque quelqu'un a pris la peine de le truffer de plomb. Si j'écope de vingt années incompressibles, je passerai mon temps à regretter d'être innocent, de ne pas l'avoir tué ce soir-là entre 22 et 23 heures. Et le reste de mon existence, je serai en retard d'un meurtre.

— Parle, nom de Dieu ! Tout te désigne.

Mais non, inspecteur. Ceux qui n'ont rien à avouer ont tous des têtes de conspirateurs. Si j'avais assassiné cet homme, je serais sûrement un autre aujourd'hui. Je serais passé du côté des parias et des têtes brûlées. Dans ce camp-là, on m'aurait sans doute laissé une place. J'aurais gagné mes galons dans l'infamie. L'horreur m'aurait peut-être grandi. Et là, oui, je comprendrais que vous vous acharniez sur moi.

Les premiers rayons du soleil viennent réveiller mes paupières. L'inspecteur quitte la pièce. Ma vue se brouille à nouveau. Le sommeil, sans doute.

Je ferme les yeux.

J'irai peut-être en prison pendant les vingt années à venir si *cette heure-là* ne me revient pas en mémoire.

Ça me laissera le temps d'y réfléchir

BOBINAGES

J'ai une femme, deux enfants et un magnétoscope.

Si je parle de cet appareil, c'est qu'il fait désormais partie de notre famille. Cela au prix d'un effort commun : celui du sacrifice. Il a fallu que je donne plus de cours particuliers, Sophie a revendu quelques fringues, ma fille aînée s'est passée de son excursion à Londres et mon fils a fait une croix sur sa paire de Nike. Tout le monde en avait envie et nous en avons fait l'affaire de tous. Ensemble, nous nous sommes mis d'accord sur le modèle, son esthétique, et toutes les fonctions dont chacun aurait pu avoir besoin. Il fallait nous voir, tous les quatre, lancés dans des débats quasi épiques sur les mérites comparés de telle ou telle marque. Nous y mettions du cœur, de la conviction, de la mauvaise foi aussi, et, même si chacun avait envie de faire entendre sa voix, jamais nous n'avons laissé notre désir de persuasion mordre sur le bien commun. Si tant est que le mot famille ait jamais eu un sens, cette simple machine en a donné un à la nôtre.

Le jour J, nous sommes allés l'acheter chez un vague cousin de Sophie qui tient la seule boutique de Hifi-Vidéo du village. Ce brave Bernard nous a fait une ristourne de trois cents francs dont je me serais volontiers passé. Je n'ai aucune affinité particulière avec lui, et l'idée de lui être redevable m'exaspère. Si ça n'avait tenu qu'à moi, je serais allé au centre commercial du bourg mais, dans un bled où tout le monde est au courant dès que vous achetez une boîte de préservatifs, le cousin en question m'aurait déclaré une guerre dont nos descendants auraient hérité plus tard. Ce soir-là, excités, solennels, prêts à veiller jusqu'au lendemain, nous avons organisé une nuit du cinéma avec esquimaux, pop-corn, et une montagne de coussins qui jonchaient le salon. Paulo avait loué *Terminator 2*, Nathalie s'était décidée pour *Recherche Susan désespérément*, Sophie et moi avions voulu revoir *Le Lauréat* pour le faire connaître aux petits. À la fin de la nuit, je me suis rendu compte à quel point j'étais fier de ceux qui m'entourent. Elle restera dans mon souvenir comme un rare moment de complicité et de proximité. Mes gosses m'ont fait découvrir des univers que je ne soupçonnais pas et les questions qu'ils ont posées sur *Le Lauréat* nous ont permis de formuler des choses dont nous n'aurions peut-être jamais parlé ensemble. Tout ça pour dire que, pendant près d'un an, le magnétoscope a rythmé notre quotidien avec une régularité que nul n'aurait pu prévoir.

Nul n'aurait pu prévoir non plus qu'une cassette se coincerait dans l'appareil en refusant obstinément d'en sortir. Avec l'utilisation intensive que nous en faisions, ça devait bien finir par arriver.

— C'est rien, chéri, il suffit de le montrer au cousin Bernard, il est encore sous garantie pendant trois semaines.

— J'irai demain.

— Demain sans faute, les enfants s'impatientent...

Mais le lendemain je n'y suis pas allé. Ni les jours suivants.

— Tu as promis, papa !

— Tu prends ça comme une corvée, chéri, alors tu oublies, forcément.

Non, Sophie, ce n'était pas la mémoire qui me faisait défaut, c'était le courage.

— Papa ! Faut absolument que je voie la cassette d'*Hamlet* que la prof d'anglais m'a prêtée, j'ai un contrôle dans huit jours !

— Pourquoi as-tu tellement besoin de voir ce film ? Est-ce qu'à mon époque on avait des cassettes pour étudier Shakespeare ? Non. On se contentait du texte, comme on le fait depuis des siècles !

— T'énerve pas...

— Nathalie a besoin d'enregistrer des trucs qui passent pendant qu'elle est à ses cours. Et moi, j'ai déjà raté trois épisodes de *Lina Fleur de Bahia.*

— J'irai demain, bordel !

Au lieu de ça, je suis resté une bonne heure à trifouiller une énième fois l'appareil avec une fourchette. Quelque chose de grotesque et d'avance voué à l'échec. Je crois même avoir pleuré, à genoux, devant le bouton *eject.* Ça ne m'était pas arrivé depuis la mort de mon père. Et tout ça m'a un peu plus isolé dans une muraille de solitude. Le soir, j'ai eu droit au silence glacé des miens. À leurs regards à la dérobée.

— Chéri... Je peux y aller toute seule, si tu n'as pas le temps, ce n'est pas si lourd, j'ai bien compris que tu n'avais pas envie d'affronter le cousin Bernard, mais je lui en ai parlé, il a même proposé de passer le...

— Jamais tu m'entends ! JAMAIS ! Laissez-moi régler ça tout seul, nom de Dieu !

Pour la première fois de ma vie je venais d'élever la voix sur celle que j'aime. Une insulte n'aurait pas été pire. Sophie a quitté la table, blanche comme un linge, et les enfants m'ont renvoyé l'image d'un bourreau. L'injustice et la peur sont entrés dans notre maison.

Tout allait si bien entre Sophie et moi avant que l'appareil ne tombe en panne. Et quand je dis *tout,* je n'oublie pas nos nuits. Nos douces, chaudes et tendres nuits. Parce que là aussi, le magnétoscope a joué un rôle que personne n'aurait pu soupçonner, pas même ma compagne qui n'a jamais compris d'où avait surgi cette ardeur que nous n'avions jamais connue. Comment aurait-elle pu se douter que, à l'heure où toute la famille était plongée dans le plus profond sommeil, je m'installais, seul, devant des films aux titres aussi évocateurs que *Mets-la-moi partout* ou *Clarisse fille du vice*. Des écouteurs dans les oreilles, la télécommande à portée de main, je me goinfrais d'obscénités, sans la moindre honte mais vaguement inquiet à l'idée d'être découvert, comme un collégien qui feuillette *Penthouse* à l'insu de la caissière. Après une bonne demi-heure de hard, je m'aventurais auprès de ma belle endormie et mettais en pratique avec plus ou moins de talent les choses insensées qui défilaient encore dans mes yeux. J'osais. Elle se laissait submerger. Nous ne savions pas que le second souffle de notre histoire d'amour viendrait de *là*. J'ai essayé de comprendre ce qui nous arrivait. Ça s'appelait le bonheur.

Jusqu'à ce que *Salopes en chaleur* se bloque dans la machine.

Vous imaginez les conséquences terribles que tout ça pouvait avoir sur ma vie ? Un scénario sans surprise et écrit d'avance : la stupeur du cousin, les ragots de sa femme, la rumeur qui se répand dans le village, la honte sur ma famille, le désarroi de Sophie, etc., jusqu'à un épilogue que je n'osais même pas imaginer. La moitié du village avait beau en faire autant, je serais devenu le pervers idéal, celui qui n'a commis qu'une seule erreur : faire passer ses fantasmes dans le domaine public. Pour éviter d'en arriver là, j'ai tout essayé. J'ai fait venir un copain bricoleur qui a lamentablement échoué. J'ai supplié un réparateur du bourg qui m'a demandé un délai impossible. Sans y parvenir, j'ai tenté de réunir assez d'argent pour en acheter un neuf et faire croire à une guérison miracle. Tout ça n'a fait que retarder l'échéance et attiser le mépris de ceux que j'aime le plus au monde.

Jusqu'au jour où j'ai compris que pour me sortir de ce bordel, il fallait que je laisse s'exprimer le malfaisant qui est en moi.

*

Il est 19 h 30 en ce beau dimanche de juin, et je crois que le cauchemar est terminé. La journée a défilé comme un film d'espionnage et j'avoue avoir vécu les heures les plus intenses de mon existence. On croit se connaître, on pense que nos limites sont dessinées depuis longtemps, et un matin on s'aperçoit qu'on a l'étoffe d'une canaille, que la filouterie est notre véritable vocation. Après ça, plus rien ne sera jamais pareil.

À 12 h 30 j'embarque toute la famille dans la voiture. Cinquante minutes plus tard nous installons le pique-nique au beau milieu de la forêt. À 15 h 25 je prends ma canne à pêche et m'engage sur le sentier qui mène à la rivière pendant que les trois autres décident de grimper une colline. À 15 h 35 je reprends ma voiture et ne mets que quarante minutes pour retourner au village. J'escalade le mur du cimetière, traverse la grange abandonnée, pénètre chez moi par le jardin et casse une vitre de la véranda aux alentours de 16 h 20. Pendant douze minutes, je m'offre le rare plaisir de cambrioler ma propre maison et profite de cette occasion inouïe pour faire disparaître tous les objets insupportables que Sophie a pris soin d'y entasser, sans oublier ce pour quoi je suis venu, le point central de toutes mes angoisses : cette connerie de magnétoscope. Je me suis surpris à faire quelques gestes spontanés, uniques, que plus jamais, hélas, je n'aurai l'occasion de refaire : mettre des gants pour enlever un abominable vase que j'ai toujours connu là, sauter à pieds joints sur une table basse où Sophie me défend d'étendre les jambes, ou fouiller dans les tiroirs dont les enfants m'interdisent l'accès. À 16 h 40, je fais le trajet en sens inverse, et jette tout ce que j'ai volé dans une espèce de décharge. À 17 h 5, Sophie et les enfants viennent me rejoindre au bord de la rivière. Non, papa n'a pas pris de poisson. Oui, papa est le plus nul des pêcheurs. Si vous saviez, vous, ma famille, que papa est un malfrat. Un dur. Non, vous ne saurez jamais.

De retour chez nous, je découvre que mes talents de cambrioleur ne sont rien comparés à mes talents d'acteur. Je me mets à jouer avec une rare conviction la grande scène du père de famille outré. J'y vais de mon petit couplet sur l'injustice et la bêtise ordinaire, et réconforte Sophie, taraudée par une seule question :

— Pourquoi ont-ils pris le cache-pot en verre de Murano ?

— Ce sont des professionnels, chérie, ils connaissent la valeur de ce qui est beau.

— Alors qu'est-ce qu'ils vont faire de la marine que ma mère nous a peinte à Noël ?

— Et pourquoi ils ont laissé la télé ? demande Charlotte.

Les gendarmes font un constat et ne nous donnent que peu d'espoir.

— C'est pas de chance, vous avez eu affaire à des pros. Ils sont sûrement loin à l'heure qu'il est. L'assurance va jouer pour le magnétoscope, mais pour le reste...

— C'était surtout la valeur sentimentale, fait Sophie, résignée.

Lentement, nous nous mettons à nettoyer la maison, balai, pelle, aspirateur, et petit à petit, sans que personne n'y prenne garde, le miracle s'accomplit. Charlotte relativise notre malheur, Paulo ricane et fait du mauvais esprit, Sophie s'amuse déjà à l'idée de remplacer quelques babioles, et moi, je sens

quelque chose renaître dans notre foyer. Le bonheur
va revenir nous visiter

*

— Papa... Y a un type bizarre, dehors...
Non. Ce n'est pas le bonheur qui vient nous
visiter. On dirait même exactement le contraire : un
bonhomme un peu crado qui a garé sa camionnette
devant chez nous.

— La famille Caillois ? Je m'appelle Irénée, je
suis brocanteur. Y a pas deux heures, j'étais en train
de fouiller vers la décharge du Petit Val, et voilà
que je tombe sur un tas de trucs ! Au milieu de tout
ça, un magnétoscope presque neuf, avec en dessous
l'adresse du revendeur qui m'a donné la vôtre, c'est
une chance, non ?

Si une seule fois dans ma vie j'ai eu besoin de
jouer au bandit, c'est ce jour-là que la justice a voulu mettre sur ma route le dernier honnête homme. Je
n'ai pas cherché à savoir s'il y avait une logique
dans tout ça, les philosophes et les statisticiens ont
déjà tout dit sur le hasard et la nécessité. J'ai bien
été forcé d'acquiescer quand Sophie a proposé à ce
fils de pute de rester prendre l'apéritif.

— Il serait pas en panne, votre magnétoscope ?
— Non non, tout va bien.
— Mais si, y a une cassette bloquée à l'intérieur
— Je vous dis que non !

— Mais, chéri, peut-être que monsieur Irénée s'y connaît.

— Demain je l'emporte chez le cousin Bernard, j'ai dit, faute de mieux.

Sophie, Charlotte et Paulo m'ont fait comprendre d'un seul regard que plus jamais je n'aurais le droit de prononcer cette phrase. Paulo a donné un tournevis à cet enfoiré qui en deux secondes a réussi là où tout le monde avait échoué. Cri de joie quand l'appareil s'est remis à tourner, je n'ai pas eu le temps d'arrêter la bande. Oui, vous allez les voir, ces femmes lascives qui ont tourné la tête de papa. Oui, vous allez enfin comprendre tous ses atermoiements. Oui, papa aime voir des cochonneries, la nuit. Parfois il repasse certaines scènes au ralenti, il a même fait un arrêt sur image sur les fesses d'une blonde qu'il trouvait extraordinairement bandante. Papa ne vaut pas mieux que les autres.

La première image qui apparaît est parfaitement anodine, on voit une femme habillée en soubrette entrer dans une chambre, un plateau dans les mains. Le sursis sera de courte durée, j'imagine que la demoiselle va servir de petit déjeuner à un couple de jeunes gens assoiffés de stupre. Elle entre dans la chambre et...

Et Sophie éjecte la cassette à la grande surprise de tous.

— C'est cette cassette maudite qui est à l'origine

de tous nos malheurs. Je propose qu'on la jette et qu'on oublie tout ça.

Pendant la petite seconde où nos regards se croisent, j'ai l'intime conviction qu'elle sait tout de mes hontes, de mes bassesses et mes lâchetés. Elle a lu en moi comme si j'étais transparent, impuissant à lui cacher quoi que ce soit. Et son pardon en devient grandiose. Je sais désormais, et pour l'éternité à venir, à quel point c'est une femme formidable dont je ne mérite pas l'indulgence. Comment pourrais-je oublier tout l'amour et la tolérance qu'il y a dans ce geste sublime ?

*

Bien des années plus tard, je repense parfois à cette histoire. Plus rien n'est venu ternir notre bonheur. Même pas ce jeune type un peu vulgaire qui a reluqué Sophie, hier matin, sur le parking du centre commercial du bourg.

— Mais... c'est Pamela Queens ! Vous êtes bien Pamela Queens, celle qui a joué dans *Vierge et vicieuse*, et dans *Salopes en chaleur* ?

Le bonheur tient à peu de chose. Un peu d'indulgence et quelques cassettes pour le week-end.

SI PAR UN JOUR D'ÉTÉ
UN SÉDENTAIRE

Ma main gauche se perd dans le sable fin, l'autre fait tinter des cubes de glace dans un cocktail des îles. J'ôte un instant mes lunettes noires pour éponger quelques gouttes de sueur qui me brouillent le regard. En voyant mes jambes à l'œil nu, je devine la marque du bronzage au ras des genoux. Dans quelques jours ce sera tellement laid que je n'oserai plus m'exposer, autant enlever ce bermuda tout de suite Anne, ma nymphe allongée sur le transat, retient une moquerie devant ma soudaine nudité. Je regarde les vagues qui déferlent devant moi. Un souffle d'air frais vient caresser mes cheveux par intermittence et l'odeur de l'ambre solaire me rappelle une foule de souvenirs.

Ma rencontre avec Anne, il y a presque sept ans. Sur la plage de Venice, à Los Angeles. Je rêvais d'une grande blonde californienne, une Carla, une Barbara. Sans le savoir, je suis tombé sur une petite Française prénommée Anne

Elle est sortie de l'eau pour s'allonger sous un auvent où l'attendaient un peignoir et une coupe de champagne. D'un petit sac en métal tressé, elle a tiré une coupure de cent dollars pour la glisser dans la poche du serveur. Il s'est planté là, debout sous le soleil, à distance respectable, prêt à revenir au premier claquement de doigts. Depuis que je m'étais spécialisé dans la photo, je voyais défiler des dizaines de filles de ce calibre, sans jamais les approcher. Cet après-midi-là, j'avais trois heures à perdre avant de retrouver mes appareils.

— En vacances ?

Sans avoir la curiosité de me regarder, elle a pris un temps fou avant de répondre :

— Non.

— Ça tombe bien, moi non plus. Vous m'offrez un fond de champagne ?

Enfin, elle a tourné la tête pour voir à quoi je ressemblais.

— Vous allez attraper un coup de soleil sur les cuisses, ai-je dit, je veux bien vous passer un peu d'huile, mais avec les jambes que vous avez, ça risque de prendre longtemps, autant commencer tout de suite.

Elle a éclaté de rire. J'ai cru qu'elle demandait au serveur de me verser une coupe. Au lieu de ça, il m'a juste cassé la figure avec beaucoup de conviction, là, devant elle, en plein soleil. Comment ai-je manqué de flair à ce point ? ! Ce gars-là était bien trop musclé pour n'être qu'un simple loufiat. D'habitude, pour les gardes du corps, j'avais un sixième sens qui m'avait bien souvent sauvé la vie (*à croire qu'elle m'avait déjà hypnotisé, cette garce*).

Je suis rentré à l'hôtel avec la mâchoire brûlante, quelques phalanges de la main droite foulées et une éraflure de bague dans le sternum. Hormis l'humiliation, rien de vraiment douloureux. À la nuit tombée, je me suis retrouvé perché sur une sorte de platane exotique et géant (*à cette époque-là, je m'y connaissais autant en palmiers qu'en gardes du corps, on pourrait même dire que je passais mon temps à me cacher dans les uns pour échapper aux autres*). L'escalade fut plus ardue que d'habitude après la rossée que je venais de recevoir, et en m'écrasant sur une branche j'ai retenu un frisson de douleur sur le flanc gauche. En reprenant mon souffle, j'ai vissé le grand angle, au son d'une musique suave qui venait de la villa.

Mise au point sur la piscine où deux splendides créatures s'ébattaient au milieu d'un petit groupe de noceurs. Le nœud papillon déjà dénoué, Edwin, le maître de céans, est apparu dans un smoking impeccable. Tout en sachant que je n'en garderais aucun, j'ai shooté quelques clichés pendant qu'ils étaient tous encore frais. La douleur dans les doigts se réveillait chaque fois que j'appuyais sur le déclencheur mais, dans l'ensemble, tout se déroulait dans les règles de l'art. Une technique parfaite, une audace de cascadeur, un flair de limier et un manque total de scrupules, j'étais fait pour ce métier. J'y mettais du cœur. Beaucoup de cœur. On ne fait rien de bien sans, même les pires choses. *(Tout ça est loin, je ne suis plus cet homme-là, désormais je boite, je tremble, mais ça fait du bien de repenser à celui que j'étais alors.)* Pourquoi le redoutable Chalais, mon rédacteur en chef, me payait-il si cher ? Parce que j'avais quelque chose d'unique, quelque chose qui mettait mes collègues hors d'eux : une chance incroyable. Innée. Une sorte de don, depuis toujours. Je savais choisir le bon côté de la pièce, tous les hasards allaient dans mon sens et je sentais en permanence la présence d'un ange gardien aussi cynique que moi-même. *(C'était encore vrai à cette époque-là mais, quelques années plus tard, je suis devenu l'homme le plus poissard du monde.)* Et quand, du haut de cet arbre, j'ai vu la partie fine qui se préparait dans mon objectif, j'ai compris pourquoi je payais aussi cher mes rabatteurs.

À minuit et demi, toujours rien de folichon, la fête, le champagne, quelques visages connus ont daigné apparaître. À deux heures vingt, il s'en est passé de belles au premier étage, ça a chauffé quand un gars s'est mis à butiner une petite comédienne italienne. *(Quand je repense à cette image de jeune tendron qu'elle donnait à la presse, à l'époque..*

Aujourd'hui elle en est à son second divorce et son dernier film s'intitule : La Doctoresse au pensionnat.) En bas, quelques naïades ivres éclaboussaient les hôtes bien décidés à se venger. L'un d'eux s'est déshabillé pour batifoler dans la piscine. À quatre heures, je l'ai vue, enfin, la vraie décadence. La saine débauche à ciel ouvert. La récompense de plusieurs heures pénibles perché sur ce putain d'arbre. J'avais à peine le temps de changer la pellicule que quelque chose de nouveau apparaissait. Le vrai choc, c'est quand je l'ai reconnue, elle. Edwin a dénoué ses longs cheveux bruns et j'ai retrouvé, dans le viseur, le superbe sourire qui m'avait snobé, à la plage, l'après-midi même.

— C'est qui cette fille qui sourit, là, la brune aux cheveux longs ?

J'avais une certaine estime professionnelle pour Chalais, malgré ses sourires en coin et son regard blasé pendant qu'il détaillait les planches contact au compte-fils. Je savais déjà qu'il garderait les meilleurs clichés pour la une et les moins bons pour sa collection personnelle. Là encore, ça me faisait plaisir de rencontrer plus pourri que moi.

— Laisse tomber, personne ne la connaît, c'est une vraie garce.

— Dommage, un cul pareil...

C'est parce qu'il a dit ça que je suis revenu sur mes scrupules. Après tout, elle m'avait infligé une correction qui me lançait encore vers les côtes, et ça méritait bien une petite vengeance.

La semaine suivante sortait, en page 3 du journal, une scène de groupe un peu floue avec, au centre, une chute de reins et un profil qui, malgré leur anonymat, pouvaient bien faire grimper le tirage.

Ce profil, je ne l'ai revu que deux ans plus tard, dans un yacht amarré dans le port de Cannes. J'avais mis plus d'un mois à préparer ce coup-là, grâce à Étienne, mon assistant, un gars qui en sait plus sur les joyeux magnats de la côte que la mondaine et les R.G. réunis. Il avait même réussi à nous faire embaucher comme extra pour la fiesta prévue à bord. Serge Moissac, capitaine d'industrie et sixième fortune de France, avait organisé un raout grandiose pour fêter le rachat d'un quotidien parisien. Je ne suis passé à l'action que vers trois heures du matin, quand plus personne dans ce rafiot ne cherchait à sauver les apparences devant les loufiats qui débarrassaient. Moissac venait de s'isoler dans une cabine où il traçait, pour des convives choisis, des lignes de poudre longues comme le bras. Anne avait coupé ses cheveux. Bizarrement, c'est dans le viseur que je l'ai vraiment reconnue. Planqué de l'autre côté du hublot, j'ai demandé à Étienne s'il connaissait ce visage.

— Tu parles ! C'est une poule de luxe, call-girl internationale, l'école madame Claude, le genre qui sait tout faire avec sa bouche, chanter des lieder de Mahler et parler du *Banquet* de Platon en trois langues.

Celle que je n'espérais plus revoir revenait dans ma vie, brutalement, sans que j'en sois étonné outre mesure. Je ne croyais déjà plus au hasard mais uniquement à la logique d'un monde cloisonné.

Le reste s'est passé très vite, Moissac et ses potes m'ont repéré, Étienne a eu le réflexe de foncer sur la passerelle pendant que je trifouillais dans le boîtier. Deux gars m'ont encerclé avant que j'aie le temps de fuir. Ils ont gardé la pellicule et jeté mon appareil à la baille. Anne a préféré quitter la cabine quand les gars se sont acharnés sur mon nez jusqu'à ce que ça pisse. Avant qu'elle ne parte, j'ai dit :

— D'habitude, vous aimez bien assister à mes passages à tabac.

Elle s'est retournée, une seconde, sans comprendre.

Étienne a conduit toute la nuit, direction Paris

— Tu l'as, hein ? Dis-moi que tu l'as ?

— Bien sûr que je l'ai.

Avant de recevoir les coups, j'avais eu le temps de lui envoyer la bonne pellicule pendant qu'il courait sur le quai. *(Des vrais passes de rugby, ah quand j'y repense... J'aimais cette vie-là, j'aimais le danger, les acrobaties. Ça me manque, aujour*

d'hui.) Moissac avait en sa possession les photos du
gâteau d'anniversaire de mon neveu.

En voyant ma gueule cassée, Chalais s'est marré,
jusqu'à ce que je lui demande le double du tarif.
Je n'étais pas sûr qu'il ait le courage de publier
une photo de Moissac enfariné jusqu'au yeux. *(J'ai
compris par la suite que Chalais ne m'envoyait pas
uniquement en mission pour alimenter son canard
en photos à scandale, ce salaud-là se constituait
un fichier qui, avec le temps, lui donnerait des
moyens de pression, et Moissac l'apprendrait à ses
dépens un jour ou l'autre.)* Après tout, ce n'était
plus mon problème. J'avais gardé en mémoire le
regard d'Anne pendant qu'on me rossait, et ça me
faisait bien plus mal encore que les plaies.

*Le chant des mouettes commence à me lasser. Je
monte le son de la radio. Anne ne dit rien, elle
croise et décroise les jambes pour trouver une position confortable dans le transat.*

On a toqué à ma porte dès le surlendemain. Personne ne venait jamais, a fortiori sans prévenir, dans
mon trou de banlieue, un petit pavillon anonyme
pas loin d'Athis-Mons. Avant d'ouvrir, je suis allé
changer la compresse froide qui ne quittait plus mon
nez. Anne était là, habillée en jean et baskets, pas
maquillée, les cheveux noués en queue-de-cheval.
Seule.

— Personne ne connaît mon adresse.

— Je sais. J'ai vu votre patron, ce matin. Maintenant qu'il a lâché le morceau, vous pourriez me laisser entrer.

Elle a eu un hoquet de surprise quand elle a vu avec quoi j'avais tapissé les murs du salon. Une vingtaine de tirages papier au format poster, scotchés à même la brique. Son dos, ses jambes, son visage, ses mains caressant un corps, un gros plan de son sourire, les cheveux longs qu'elle portait à Venice, ses seins bronzés. *(Il y avait aussi deux autres photos bien plus intimes, mais je n'avais pas osé les afficher.)* Depuis deux ans, j'avais fait de son corps le seul élément de décoration de toute la baraque. Elle ne m'a pas fait la joie de s'en indigner.

— On va mettre cartes sur table. Je me fous de ce que vous comptez faire de ces photos prises sur le yacht, après tout c'est votre boulot. Je suis venue vous demander de détruire toutes celles où j'apparais, moi. La dernière fois, chez Edwin, ça m'a fait beaucoup de tort, mon job n'a pas besoin de publicité. Vous avez failli me le faire perdre. Je suis une call-girl, pas un top-modèle, les gens avec qui je travaille n'aiment pas ça, c'est mauvais pour l'image. Un autre épisode dans ce goût-là et je suis au chômage.

Je savais déjà que Chalais avait l'intention de ne rien publier de tout ça. Anne n'avait rien à craindre, mais à quoi bon la rassurer si vite?

— Faut bien que je gagne ma vie, mademoiselle... Mademoiselle ?

— Appelez-moi Anne. Combien voulez-vous ?

— On m'a déjà payé pour ces photos. Ce serait
malhonnête.

— Malhonnête... ?

Elle s'est forcée à rire. Un rire qui signifiait
qu'entre gens de notre espèce il y a toujours moyen
de s'arranger.

— Ça ne vous coûtait rien de m'offrir une coupe
de champagne, sur cette plage, à Los Angeles. On
aurait eu l'impression d'être en vacances, vous et
moi. Une petite drague balnéaire. Un souvenir d'été.
Ça n'aurait pas été plus loin.

— Je ne suis *jamais* en vacances.

— Si vous êtes payée à l'heure, ça doit coûter
un paquet, des vacances avec vous.

— On ne me paie pas à l'heure, et n'essayez pas
de m'humilier, personne n'a encore réussi. Arrêtez
de finasser, dites-moi ce que vous voulez, qu'on en
finisse.

— Trois jours, une plage. Sans strass et sans
photos. Je paie les frais, vous n'aurez qu'à être là.

— Impossible.

Après ça, il y a eu un long silence où je l'ai vue
gamberger tous azimuts. Deux heures plus tard
elle sortait de mon lit pour solde de tout compte.
*(Aujourd'hui j'ai un peu honte d'avoir été une proie
aussi facile, mais, sur le coup, comment résister ?)*

— J'ai une chance de vous revoir ?
— Les photos devraient vous suffire.

*Elle s'est endormie sur le transat, sans toucher à
son cornet de fritto misto. J'ouvre le parasol au-
dessus de sa tête et retourne à la contemplation des
vagues.*

Les mois qui ont suivi, j'ai travaillé comme un
acharné dans le seul espoir de la retrouver. Pas
un palace, pas un avion où je n'ai cherché sa silhouette, pas une photo où je ne l'ai imaginée surgir
en arrière-plan et irradier la scène de sa mysté-
rieuse beauté. J'avais beau croire à la logique, je
me suis mis de nouveau à guetter les hasards. Au
bout de deux nouvelles années, j'ai fini par ne
plus croire à ma chance légendaire *(et j'avais bien
raison !)*. Je suis rentré d'un séjour en Casamance,
résigné, persuadé que nos routes ne se croise-
raient plus. Les photos de mon salon étaient cor-
nées et jaunies, j'en ai déchiré la plupart. Et juste
au moment où je réduisais son dos en miettes, le
téléphone a sonné.

— Vous ne vous souviendrez peut-être pas de...
— Anne ?

J'entendais, au loin, le flux des vagues. Curieuse-
ment, un planisphère s'est projeté dans mes yeux,
j'y ai cherché un petit point rouge pour la localiser :
les Galápagos, l'île Célèbes, les Canaries..

— J'ai besoin de vous. Vous connaissez Stefano Di Rosa ?

— Vous me prenez pour qui ? Il est encore plus connu qu'Enzo Ferrari.

— J'ai rencontré beaucoup d'ordures mais lui est allé trop loin.

Jamais je ne l'aurais crue capable d'autant de hargne, mais je suis vite revenu sur cette impression en écoutant ce que Di Rosa lui avait fait subir. Il était célèbre pour casser tous les jouets qu'il s'offrait : voitures de sport précipitées avec bonheur dans des ravins, safaris africains qui tournaient au massacre, toiles de maître brûlées sur un coup de cafard. Sans parler de ses frasques avinées qui faisaient la joie de la presse italienne. Il avait voulu en faire de même avec Anne.

— Vous avez le chic pour tomber sur des tarés.

— C'est un métier à risques.

— Il ne vous a jamais traversé l'esprit qu'il y en avait des tas d'autres ?

— Je vous donne l'occasion de faire le vôtre et de gagner un bon paquet de fric.

— Où êtes-vous ?

— À Deauville. Di Rosa a prévu un repas d'affaires, demain, dans son hôtel particulier. J'en suis partie ce matin, mais je ne quitterai pas la région tant que ce salaud n'aura pas trinqué.

— Qu'est-ce que j'ai à voir là-dedans ?

— À vous de décider. À ce repas, il v aura Fred

Erlangen, et j'ai aussi entendu le nom de Gaudrin. Mais ce n'est peut-être pas votre créneau.

Ça voulait dire : « Tant qu'il y a de la fesse de stars vous êtes preneur, mais dès qu'on vous propose un gros scoop sur les blanchiments d'argent de la mafia, y a plus personne. » Effectivement, ce n'était pas mon créneau, ni celui du journal, Chalais avait beau aimer les ennuis, il n'était pas du genre à échanger l'odeur du soufre pour celui de la cordite. Le cliché qu'elle me proposait concernait l'antigang ou la brigade financière, mais pas le moindre canard parisien ne se serait risqué à fourrer le nez dans un tel nid d'embrouilles.

— Je comprends bien que vous ayez envie de vous venger, mais de là à recevoir une balle de 45 dans le buffet... Laissez tomber, Anne. Oubliez ça et partez en vacances.

Sans même chercher à m'insulter, elle a raccroché. Le lendemain j'étais à son hôtel avec Étienne. Peu de temps après, je tirais sur papier une dizaine de clichés où l'on voyait les trois industriels se serrer la main au sortir de ce déjeuner, sur les marches de l'hôtel particulier de Di Rosa. Chalais m'a mis en contact avec un journaliste allemand qui avait ouvert un dossier sur Di Rosa et les autres, sans jamais prouver que les trois hommes se connaissaient bel et bien. Ça m'a rapporté bien plus que les six derniers mois de travail pour mon cher journal.

— C'est gentil d'avoir accepté ce dîner.

— Je sais ce que vous allez me demander : combien coûte un dîner avec moi ? Je vous réponds tout de suite : bien moins qu'un séjour à Palavas. Parce que vous allez m'en reparler, de ces vacances, hein ?

J'avais réservé une table pour deux dans un restaurant bien trop chic pour moi, le genre d'endroit que fréquentaient mes clients. J'étais sûr qu'elle passerait la soirée à traquer les fautes de goût.

— Vous ne comprenez pas que je suis amoureux fou ? On pourrait faire un bout de route ensemble. Pas forcément une vie entière mais juste une dizaine d'années. Après on verrait. On vivrait au bord de la mer, je vous trouverais des cocotiers été comme hiver. Allons claquer mon paquet de deutsche marks sous les tropiques ! Après tout, vous avez droit à votre part.

Elle a souri gentiment puis s'est penchée pour m'embrasser sur les lèvres. Ça m'a semblé mille fois plus magique que les deux heures où j'avais étreint son corps. Le reste de la soirée nous avons joué aux amoureux, et j'ai compris pourquoi des hommes étaient prêts à payer si cher pour l'avoir auprès d'eux. J'en oubliais sa beauté, sa grâce naturelle, son élégance et son sens de l'humour. Une chose, une seule, la différenciait des autres : de tout son être, elle savait montrer sa joie d'être là, avec moi, à cet instant précis. Nulle part ailleurs ni avec aucun autre. *(Elle savait faire ça, la garce.)*

Le lendemain matin, je n'ai pas cherché à la retenir quand, très tôt, elle a dit :

— J'ai un vol à sept heures.

— Pour ?

— Nassau.

— Je vois.

— Pour ce que vous avez dit, hier soir... Je voulais... Enfin... Vous imaginez le couple qu'on ferait ? La call-girl et le paparazzo ? Arrêtez d'y penser. Je rentre dans trois jours, appelez-moi.

La call-girl et le paparazzo... La call-girl et le paparazzo... Elle avait dit ça avec tellement de naturel que l'idée a commencé à germer

Elle se réveille doucement, je lui tends un verre de citronnade glacée qu'elle boit à petites gorgées. Elle me dit qu'elle a trop chaud et se gratte dans le bikini à cause du sable.

L'année suivante fut la plus épique de mon existence. Notre association était née et notre couple n'allait pas tarder à suivre. La call-girl et le paparazzo s'étaient mis à travailler en duo. Mêmes milieux, mêmes perversions, mêmes cibles. Elle appâtait, recueillait les renseignements nécessaires, couchait avec les *people*, pendant que je les mitraillais aux bons endroits et aux bons moments. Anne était devenue le meilleur rabatteur que j'aie jamais eu. D'une certaine manière j'étais aussi devenu le sien, plus d'une fois je l'ai rencardée sur des types qui ne demandaient qu'à la rencontrer, et nous avons pris en tenaille tout ce beau monde, par amour du lucre. *(Pas uniquement, il y avait plein d'autres choses, mais l'argent était notre seule dialectique avouable.)* Une année grandiose, plongés tous deux dans une spirale cynique, et cette descente aux enfers avait fini par nous lier l'un à l'autre. Deux pourris devant l'éternel. Mais, question pourriture, nous n'étions pas les seuls. Il y avait aussi ses clients et les lecteurs de mon hebdo. Ça commençait à faire du monde. Là était d'ailleurs notre seul réel plaisir : si nous ne valions pas grand-chose, le reste de l'humanité n'avait aucune leçon à nous donner. Noircir le tableau nous permettait d'affadir la noirceur de nos âmes, et rien ne nous rassurait plus que les mille compromissions dont nous étions chaque jour les témoins. Là où la corruption marquait des points, nous applaudissions, aux premières loges, consolés de notre propre vilenie. Nous ne savions pas encore que le prix à payer était bien au-dessus de nos moyens. La moindre parole d'espoir, le plus petit geste de tendresse nous étaient interdits, sans parler des projets d'avenir. Combien de temps pensions-nous tenir ?

— *Dis-moi, mon amour, à quel moment es-tu tombée amoureuse de moi ? Tu peux me le dire, maintenant. C'était à Formentera, hein ? Dans cette*

bicoque où tu es venue me retrouver, tu t'en sou-
viens ? Non ? Mais si... Tu passais la semaine chez
cet imbécile de peintre... Tu ne veux pas répon-
dre ? À moins que ça ne soit... En Floride ? Le jour
où ça a failli mal tourner, tu te souviens... le
joueur de tennis qui a flairé la combine... Les pho-
tos étaient bonnes... Dans l'aéroport tu as failli cra-
quer, avoue-le... Je t'avais demandé d'être à moi et
moi seul... Qu'est-ce que tu as, mon amour ? C'est
la chaleur ?

Un jour, en regardant les clichés tout frais où on
la voyait se pavaner auprès d'un magnat du béton,
elle a dit :

— Si on le faisait chanter, celui-là ?

— ... Quoi ?

— On lui fait cracher le paquet. Ça nous mettrait
à l'abri pendant six mois. *(Voilà le genre de formu-*
lation qu'elle se permettait alors. Une fille si culti-
vée...)

— Qu'est-ce que tu veux de plus ? Notre busi-
ness marche bien.

— Et ça te suffit ?

— Oui.

— C'est minable

— Tu dois être crevée pour me dire un truc
pareil.

Elle m'a repoussé quand j'ai voulu la prendre
dans mes bras

— Tu es fatiguée. Ces derniers temps, on n'a pas arrêté. Si on partait en vacances ?

— Tu ne sais vraiment dire que ça, imbécile.

— Je peux te proposer mieux. On arrête tout. On se marie. On...

Elle a éclaté de rire.

— Mariés ? Tous les deux ? C'est tout ce que tu as trouvé ? On dépense l'argent qui nous reste dans un Club Med et on revient au bout de six mois dans ton pavillon d'Athis-Mons ? Tu sais où je suis née ? Je ne l'ai jamais dit à personne, je suis née dans la Creuse, dans un petit bled qui s'appelle La Souterraine. La Souterraine dans la Creuse, tu crois que ça s'invente, ça ? Tu comprends pourquoi j'ai besoin d'air, pourquoi j'ai besoin d'avions, d'argent et de tout ce qui bouge ? Tu veux que je t'explique, imbécile ?

Pour sauver la face, j'ai essayé de jouer le mépris, mais personne ne pouvait être aussi fort qu'elle à ce jeu-là.

— Et si je te louais pendant une semaine, comme tous ces braves gens ? Après tout, t'es jamais qu'une pute.

Au sourire qu'elle m'a fait à cet instant précis, j'ai su qu'elle était allée bien plus loin que je n'irais jamais.

Le soir même nous avions un job à assurer dans une villa au sud de Barcelone. Cette garce *(c'est bien ce que je pensais d'elle à ce moment-là)* n'a rien fait pour me faciliter les choses. À plusieurs reprises elle a cherché des yeux ma planque au risque de me faire repérer par les sbires de son client. Vu de loin, à travers l'objectif, il avait l'air d'un gars plutôt honnête. Pas un pervers comme les autres. Il aurait pu passer pour un bon père de famille aux allures de gentleman. À cause de ça, j'ai failli partir plus d'une fois. J'aurais dû le faire. Je ne sais pas ce qui a mal tourné. Ses gardes du corps m'ont entouré sans que je ne m'aperçoive de rien. *(Aujourd'hui, je suis presque sûr qu'Anne m'avait vendu, mais le doute subsiste.)*

La suite est floue. Je me souviens d'elle, son regard fuyant pendant que les gars me hissaient sur le rebord de la fenêtre. J'ai hurlé son nom. Je n'ai pas compris pourquoi ils ne me frappaient pas. La dernière image qui me reste : mes mains qui s'accrochent à la rambarde et des talons rageurs qui m'écrasent les doigts. J'ai lâché.

À mon réveil, à l'hôpital, Étienne et Chalais étaient là. Ils avaient beau essayer de prendre tout ça à la rigolade, je savais bien avant tout le monde, avant les médecins et leurs diagnostics, que cette fois la machine était enrayée pour de bon. Fracture du bassin, œil gauche paralysé, et un bizarre tremblement dans les mains qui ne me quitterait plus. Durant les six mois de convalescence, dans ma banlieue, j'ai attendu qu'elle vienne. Cet épisode m'avait définitivement brouillé avec le hasard, et réconcilié avec la logique. N'était-il pas logique que tout se termine comme ça?

Chalais a fait preuve d'une rare élégance quand j'ai voulu reprendre le job. Au lieu de me dire que je n'étais plus capable de tenir un appareil photo, il m'a proposé de gentilles bricoles, l'enterrement d'un acteur au cimetière Montparnasse et un cocktail de stars. Je l'ai remercié pour sa délicate hypocrisie. Au bout d'un an, pourtant, j'ai eu envie de revoir Anne. J'ai passé mon temps au téléphone en essayant de la pister à travers le monde. Un soir, elle a daigné répondre.

— Comment tu t'en sors?

— Pas trop mal. Maintenant je tire les photos des autres, au supermarché, j'ai les mains dans le révélateur toute la journée, mais ça va.

— Qu'est-ce que tu veux?

— Des vacances. Tu me les dois, Anne. Rien que quelques jours. Je t'attends.

— Tu sais bien que c'est impossible. Tu es mal en point. Tu n'as plus un sou. Ça va servir à quoi?

— Je crois qu'on va trouver un arrangement.

— ... Qu'est-ce que tu veux dire?

— Je t'ai parlé de mon album?

— Quel album?

— Le nôtre. Cent clichés de toi et de tes amants. Ceux que j'ai salis dans la presse, ceux qui tomberaient de haut s'ils apprenaient d'où venaient les tuyaux. Et ça fait mal, de tomber de haut. J'en sais quelque chose.

— Salaud...

— Je t'attends.

Le soir même elle était là, un sac de voyage en main, plus belle encore qu'il y a sept ans.

— Je te donne trois jours, contre les photos et les négatifs. C'est quoi, tes vacances ? Un hôtel deux étoiles, à Dijon, avec vue sur le lac ? Il doit bien y avoir un lac, à Dijon, hein ?

J'ai eu envie de lui dire qu'on n'avait pas besoin d'aller si loin.

Je me suis versé un autre cocktail et j'ai sorti la glace du frigo. La nuit va tomber mais la chaleur ne baisse pas. J'ai laissé le chauffage à fond. Anne veut prendre une douche à cause du sable qui lui colle aux jambes. J'en ai choisi du bien fin, presque noir. Pendant qu'il déchargeait les deux cents kilos au seuil de la maison, le livreur m'a dit que ce sable-là ne valait rien pour la maçonnerie. Il m'a fallu une journée entière pour en jeter des pelletées partout dans le salon vide. On ne voit plus le plancher.

J'ai replié mon transat et l'ai posé sur le rebord de la fenêtre. Il fait nuit. Dehors, je ne vois plus que les lumières du supermarché d'en face. C'est là où j'ai acheté toutes les lampes à bronzer qu'ils avaient en stock. C'est efficace ces trucs-là. Dans quelques jours on sera toastés à souhait, tous les deux. Anne m'a demandé d'arrêter la cassette vidéo qui défile en boucle depuis ce matin. Au bout de huit heures de plage, c'est vrai, on se lasse. J'en ai prévu plein d'autres, la Thaïlande, les Bahamas, il y en avait tout un lot, à la vidéothèque, collection « Grands Espaces ». Du même coup, j'ai éteint les ventilateurs. Elle s'est mise à pleurer et à me supplier de détacher les entraves qui la clouent au transat. Elle gueulait trop, j'ai remis le bâillon sur ses lèvres délicates.

— Cesse de t'agiter, mon amour Oublie un peu le stress. On est en vacances.

OPPORTUNE

Il m'a suffi de moins de quatre secondes pour casser le fil ténu qui nous reliait l'un à l'autre depuis tant d'années.

On attendait cette petite balade en bateau depuis des lustres, ma femme et moi. Jean-Pierre et Maïté, nos amis de toujours, étaient du voyage. Il y avait quelque chose de symbolique à l'idée de se serrer tous les quatre au fond de la cale en laissant dériver la nuit à évoquer les grands moments de notre jeunesse perdue. Et celle qui partage ma vie m'aurait eu tout à elle, minute après minute.

Elle dit toujours que nous nous voyons si peu.

Tout partait pour être inoubliable. J'ai fait en sorte que ça le soit. Mais pas comme je l'imaginais. Il a suffi qu'on descende de voiture pour rejoindre à pied la petite crique où nous attendaient les deux autres, fin prêts et toutes voiles dehors. Embrassades, bonnes blagues, chargement des provisions, et voilà qu'en regardant le ciel je dis :

— En plus de ça, il va y avoir de l'orage et Cécile adore ça, hein mon amour?

À partir de cette seconde-là, plus question de voyage, de bateau, ni même d'amis, et nous sommes rentrés, silencieux, sous la pluie battante.

Il faut dire que Maïté adore ma femme, c'est sa meilleure copine. Jean-Pierre l'aime aussi beaucoup, ils sont amis d'enfance. Moi, je la vénère, ma femme. Il n'y a pas d'autre mot. Depuis le premier jour, je la vois comme un petit être parfait qu'un dieu de miséricorde a mis sur mon chemin pour me prouver que la vie vaut la peine d'être vécue. Et malgré les années, je ne sais toujours pas si je l'ai épousée pour sa beauté, son sens de l'humour ou la façon inouïe qu'elle a de passionner notre quotidien.

Seulement voilà, ma femme ne s'appelle pas Cécile.

Ai-je besoin de dire la suite? Avouer que Cécile est ferme et acidulée comme un citron vert, qu'elle a vingt et un ans et me regarde comme un Christ en croix chaque fois que nous faisons l'amour dans ce petit hôtel où elle m'attend sur les coups de quatorze heures les mercredis et vendredis?

Au cas où vous ne le sauriez pas encore, nous avons tous le même ennemi, en ce bas monde. Vous, moi, et le voisin d'en face. Un ennemi implacable qui vous harcèle de l'intérieur et ne vous permet pas le moindre faux pas. On jurerait même qu'il n'attend que ça pour faire tomber le couperet. Il a une mémoire qui peut défier les machines les plus sophistiquées, il réagit plus vite que le réflexe et l'instinct réunis, il est doté d'un esprit de contradiction sans bornes et, quoi qu'il arrive, il aura le dernier mot, la lutte est perdue d'avance. J'en ai un, vous en avez un, même les saints et les tueurs en ont un. Ça s'appelle un Inconscient.

Et il semblerait que le mien soit tellement englué dans sa morale judéo-chrétienne qu'il ne me laisse rien passer dès que je glisse en douce un avenant au contrat de mariage. Il n'aime pas ça, mon Inconscient. À croire que lui aussi adore ma femme. Et pourtant je mets un point d'honneur à ne pas commettre les erreurs du débutant ; je multiplie les douches et change de chemise deux fois par jour, je ne laisse aucune trace écrite et ne donne jamais mon numéro personnel. Il m'est même arrivé de fumer un cigare long comme le bras pour masquer un reste de Shalimar dans ma voiture. Mais ce salaud d'Inconscient trouve toujours la parade. Et ça n'est pas le premier tour pendable qu'il me joue. J'ai le souvenir d'un réveil délicieux, un dimanche matin, sous la couette, en plein hiver, quand la grasse matinée commence à peine. Ma chère et tendre arrive avec un plateau de petit déjeuner, je la remercie d'une caresse dans la nuque, elle me demande si j'ai fait de beaux rêves, et je réponds que je n'en ai aucun souvenir.

— Dans ce cas tu peux me dire qui est cette

Gaëlle qui est « *moins farouche qu'une pucelle mais plus souple qu'une gazelle* ».

Qui sondera jamais à quel point notre Inconscient nous en veut. Il est capable d'enregistrer et de restituer à la lettre les pires conneries, à peine dites, et déjà oubliées. De cette arborescence de mignardises et d'envolées ridicules, il garde toute la liste.

Pour Gaëlle, j'ai pu rattraper le coup en inventant n'importe quoi (un film imbécile que j'ai vu dans l'avion... va savoir d'où viennent les rêves...) mais, pour Cécile, je n'ai rien pu faire. Surtout pas essayer de me justifier. À quoi bon ajouter le pathétique à l'infamie. S'en est suivi un mois entier de silence total entre elle et moi. Pas un seul mot prononcé en quatre semaines de fureur glacée. Rien. Elle est capable de ça. Et puis un soir, elle a dit, en posant sa tasse de thé sur la table basse :

— Au prochain lapsus, tu ne me revois plus jamais.

*

À la suite de quoi, je suis devenu un homme fidèle. Ce qui se fait de mieux dans le genre. Fini le baby-foot avec les collègues, les congrès en province et même le jogging du dimanche matin. Dès que je levais les yeux, elle était là. Dès qu'elle levait les yeux, j'étais là. L'amour du bout du regard, on pourrait dire. Le bonheur à l'horizon.

Les mois ont passé. Des mois entiers. Peut-être même une année. J'ai croisé d'autres silhouettes pleines de promesses, et des bouches toutes prêtes à vous souffler dans le cou. Mais je n'ai pas fléchi.

Je suis tombé malade, souvent. Un Inconscient au chômage, faut bien que ça s'occupe. J'ai été malheureux comme une pierre. J'ai même dû verser quelques larmes.

Il suffisait qu'une nouvelle venue dans la société se présente à moi en disant « Bonjour je m'appelle Valérie » pour que je passe le reste de la journée à persuader mon Inconscient que je ne connaissais aucune Valérie, que je n'en avais même jamais vu de ma vie, que c'était un prénom absurde, que je détestais toutes les Valérie de la terre. J'aurais pu continuer comme ça des années, à mi-chemin entre honte et morosité, entre hantise et frustration, s'il n'y avait eu ce dimanche ensoleillé, chez Maïté et Jean-Pierre.

Un dimanche de jardin, pour profiter de l'été avant l'heure. Apéritif interminable, barbecue, chaises longues et sieste. Pendant que les filles préparaient la table, les garçons, comme chaque fois, rivalisaient d'ingéniosité pour obtenir la braise idéale. Tout à coup, leur chien est entré en scène pour voler un morceau de foie, et c'est là que Jean-Pierre a hurlé :

— Josh ! Nom de Dieu, descends de cette table !

J'ai regardé tour à tour l'homme et le chien, sans comprendre.

— Mais... Qu'est-ce qui est arrivé à Josh? Le mois dernier il pesait vingt kilos de plus et il avait le poil aussi dégueulasse qu'une descente de lit.

— Ce Josh-là est mort il y a quinze jours, imbécile. On vient à peine d'adopter le nouveau. Mais j'appelle tous mes chiens Josh depuis que je suis petit, comme ça je ne risque pas de me tromper et ça me fait moins de peine quand ils disparaissent.

— ...?

Et c'est comme ça que l'idée m'est venue.

Tout simplement.

Qu'est-ce qui pourrait m'empêcher de revivre mes langoureux cinq à sept si j'avais une maîtresse du même prénom que ma femme?

Rien.

Pas même mon Inconscient.

Vous trouvez ça minable?

Moi aussi, par certains côtés, mais je ne me suis jamais senti aussi brillant que quand cette idée tordue m'a traversé l'esprit. J'avais là une occasion unique de faire enrager un Inconscient sans qu'il puisse réagir. Ça n'a l'air de rien mais la vie ne vous offre pas de plus grand triomphe. Il n'y avait guère qu'un dernier petit problème : ma femme s'appelle *Opportune*.

Opportune Jeanne-Marie Élise Saujon. C'était, rayon filles, l'équivalent d'un Désiré ou d'un Bienvenu. Les parents trouvaient ça très joli, les copines trouvaient ça très joli, moi-même, la première fois qu'elle m'avait dit son prénom, j'avais trouvé ça très joli. Je m'en étais gargarisé, au début, je scandais des *Opportune!* à tout bout de champ, heureux d'avoir entre les bras quelqu'un d'aussi unique.

— Où veux-tu que je trouve une... une... comment tu dis?

— Opportune.

Forlani est célibataire, il ne sait rien de ma vie privée, et ses succès féminins feraient passer le catalogue de Don Juan pour un carnet de bal.

— Tu m'aurais dit une Estelle ou une Agathe, j'avais des numéros. J'ai même connu une Emma. Mais là...

J'ai épluché des annuaires, épuisé des collègues, et consulté des spécialistes. Au bout de trois semaines, j'ai réalisé que j'étais le seul type au monde à avoir approché une Opportune. De ce fait, la probabilité d'en réunir deux tenait du miracle. C'est à cette époque-là que j'ai cru devenir dingue au point d'entendre distinctement la voix de mon Inconscient (« Laisse tomber, va, c'est foutu, je suis le meilleur! »). Jusqu'au fameux soir du cocktail annuel organisé par ma chère société. Le genre de pince-fesses imbécile où l'on fait de la présence afin de ne pas laisser un collègue marquer un point sur votre dos. Ce soir-là, j'ai présenté ma femme à une trentaine d'individus qui me présentaient la leur. Ça donnait ça ·

— .. et je vous présente Opportune, ma femme.

— ... Comme c'est charmant... et tellement original ! Vous deviez être la seule à l'école ! Quand on le crie dans la rue, vous êtes sûre que c'est pour vous ! Je ne savais même pas que ça existait ! Comme c'est charmant... et tellement original ! Comme c'est charmant... et tellement original ! Comme c'est charmant... et tellement original !

Oui, je sais, je vis avec un exemplaire unique.

— On s'en va, mon amour ?

— Si tu veux.

Sur le chemin du vestiaire, le type qui bosse au recouvrement a voulu faire la connaissance de cette superbe femme à mon bras.

— Je te présente Opportune.

— Tiens, c'est marrant, comme ma sœur.

Je me souviens exactement comment je l'ai imaginée : une brave fille de cent cinquante kilos vivant entourée de crocodiles dans le bush australien. Parfois on aimerait que la vie obéisse à ce genre de logique mais la vie n'est pas une science exacte, l'Inconscient ne connaît rien à la logique et le hasard a bien plus de fantaisie que nous. Cette Opportune-là venait souvent déjeuner au restaurant d'entreprise avec son frère, elle était célibataire, jolie à croquer, et ne mettait jamais aucun parfum.

— Je vais chercher les cafés, vous trouvez une table ?

Il ne savait pas ce qu'il faisait en me laissant seul avec sa sœur, ce jour-là.

— Vous êtes très complice avec votre frère.

— Si je n'étais pas si seule on se verrait moins souvent.

— Je ne vous imagine pas en panne de soupirant.

— Je ne fréquente que les hommes mariés, je veux rester indépendante et j'aime finir les nuits seule.

*

J'avais apporté du champagne, elle avait préparé quelques zakouski, le sofa était moelleux, les rideaux bleus faisaient des reflets pastel sur sa peau. Un drôle de phénomène de combustion spontanée allait me réduire en cendres, et j'ai dit, avec un infini bonheur :

— Venez dans mes bras, Opportune, et faisons l'amour sous la lune, Opportune !

Elle y est venue, dans mes bras. Elle a dit, tout sourire :

— En général on se moque de mon prénom.

— C'est charmant... et tellement original !

— Mais au fait, le vôtre, c'est quoi ? Vous ne me l'avez même pas dit... tout cela est allé si vite.

— François.

— ...

Imperceptiblement elle est sortie de mon étreinte. L'air mutin venait de quitter son visage en un battement de cils.

— ... François?

— Il y a des flopées de François un peu partout, on ne peut pas tous avoir un prénom aussi rare que le vôtre. Et c'est tant mieux!

— Justement... J'ai eu une histoire très... très forte avec un François... J'en suis à peine remise... Rien qu'à entendre son prénom j'ai quelque chose qui se noue entre le cœur et le ventre...

— Mais!!! Appelez-moi... Barnabé!... Donatien!... Rodrigo! À quoi bon m'appeler, d'ailleurs, contentez-vous de m'aimer!

— Hors de question, c'est plus fort que moi et vous n'y pouvez rien. C'est dommage. Vous aviez l'air si gentil.

*

Une semaine plus tard, Forlani (qui depuis plusieurs mois était devenu mon confident) prenait sa plus belle plume pour libeller ceci :

H. 40 ans, cadre sup., cherche à vivre une idylle avec F. prénommée Opportune. Âge, physique, indifférents. Urgent.

— C'est complètement absurde, cette annonce.

— Aux problèmes spécifiques il faut les solutions adéquates. Dans une semaine, soit tu croules sous les Opportune, soit tu te résous à vivre hors du péché. Moi, à ta place, je n'hésiterais pas, avec la femme que tu as.

— C'est toi qui dis ça?

— Parfaitement. Si on m'en donnait une, une seule comme la tienne, je remercierais le ciel et j'arrêterais tout. Je me demande vraiment si tu la mérites.

*

— Tu as beau être ma meilleure copine, je suis quand même obligée de te dire que tu es complètement dingue, ma pauvre Maïté.

— C'est écrit là, noir sur blanc! Le type veut rencontrer une Opportune!

C'est vrai que j'ai trouvé ça étrange, ce gars qui rêve de rencontrer une fille avec un prénom aussi bizarre que le mien.

— Je ne savais même pas que tu lisais ce genre de journaux.

— Ne détourne pas la conversation, tu ne te rends pas compte! Un mec amoureux d'un prénom! Et il ajoute *Âge et physique indifférents*, c'est déjà pas une preuve d'amour ça? Tu crois que ça m'arriverait à moi, un truc pareil? Non! Il fallait

que ça tombe sur madame qui ne veut pas lâcher
d'une semelle son petit mari qui ne la regarde
même plus.

— Ne parle pas de François comme ça.

— Et qu'est-ce qui te dit qu'il n'a pas repris ses
cabrioles ?

— Je suis sûre que non

— Quand il ne te trompe pas, il te fait la gueule,
tu crois que c'est une vie ? Alors qu'un mec roman-
tique comme tout est déjà dingue de toi ? C'est trou-
blant, c'est suave... c'est... excitant comme tout ! Va
voir de quoi il a l'air, au moins ! Ça n'engage à rien
et ça mettra un peu d'aventure dans ta vie ! Fais-le !

— ... Tu crois ?

*

Dans ce bar, il est arrivé le premier. Elle s'est
assise à sa table. Il a failli dire : *je savais que tu
viendrais*, et elle était toute prête à répondre *j'étais
sûre que c'était toi,* mais au lieu de ça, pendant un
long moment, ils ont joué à ne pas se connaître. Et
puis, tard dans la nuit, il lui a proposé d'aller faire
l'amour sous la lune.

Q.I

Quand je vois papa s'échiner sur son réveil le jour où l'on passe à l'heure d'été, ça me fait toujours bizarre (ça ne rate jamais, chaque dernier dimanche de mars j'ai droit à cette phrase : « Qu'est-ce qu'on fait, on avance ou on recule d'une heure ? »). Pareil quand il a décidé de se détendre avec les mots croisés du journal télé, il demande à maman des trucs comme : « *Abrita bien des couples,* en trois lettres... Trois lettres, c'est pas beaucoup pour tout ce monde. » Il aimerait bien placer « parapluie » ou « livret de famille », mais ça ne rentre pas. Et moi, je repique le nez dans mon bouquin plutôt que lui dire « Noé », parce que la définition n'est pas si bonne et la réponse encore moins. Je n'ai pas envie de le gêner. Sa feuille d'impôts, c'est un drame, et ses cartes de vœux, une Berezina de la syntaxe. Parfois ça m'énerve tellement que j'ai envie de crier « Demande-moi quand tu sais pas, bordel ! ». Mais je ne le fais jamais. C'est quand même mon père. Et quand je dis que tout ça me fait bizarre, je devrais avoir le courage de dire que... que ça me fait de la peine.

Je n'ai quand même que neuf ans et quatre mois.

À l'école c'est pas pareil, j'ai les coudées franches et je ne me l'envoie pas dire. Elle est gentille, la prof, même plutôt jolie, mais quand elle s'évertue à nous expliquer que l'accord du participe passé suit une règle logique qu'on doit s'enfoncer dans le crâne, je dis non. Non, ça n'est pas logique. Faut s'y plier, d'accord, mais ça n'est pas logique. L'orange que j'ai mangée, ou j'ai mangé l'orange, ça s'écrit pas pareil, mais quoi qu'il arrive elle est bouffée, cette putain d'orange. Ça date de l'époque où les copistes pensaient à accorder le complément quand ils le voyaient avant le verbe, mais, s'il était placé après, ils l'oubliaient avec perte et fracas ! Seulement voilà, si je me lance dans ce genre de mise au point, c'est le début des embrouilles, elle va me dire d'un air emprunté que je vais semer le trouble dans la classe parce que je n'ai rien à faire là. Je sais bien qu'ils sont en train d'étudier mon dossier au rectorat, et qu'un jour ou l'autre ils sauront quoi faire de moi, mais ça prend du temps. On m'a déjà fait sauter deux classes, on ne peut pas faire plus, paraît il. Aussi ai-je appris à faire taire mon insatiable curiosité, quitte à sombrer dans l'ennui chronique. À force de bâiller pendant les cours, il m'arrive souvent de passer pour un cancre. C'est ma faute si je suis né comme ça ? J'ai pas demandé. La der

nière fois que l'homme à la veste jaune est venu me
faire passer les tests, il m'a donné dans les 148.
Imbrique-nous ça mon p'tit, et qu'est-ce que ça
t'évoque mon p'tit, et dis-moi ce qui te vient à
l'esprit mon p'tit. 148 de quotient intellectuel, et on
vous parle comme à un débile... J'ai ri quand j'ai
répondu à une question dont il ne comprenait pas le
libellé. Je ne suis pas du genre prétentieux, mais ce
brave type qui vient régulièrement mesurer mes
neurones avec un pied à coulisse devrait cesser de
m'appeler « mon p'tit », je trouve ça déplacé. Je me
souviens du jour où il est venu annoncer à mes
parents que j'étais spécial. L'homme à la veste
jaune expliquait à mon père que, si j'étais né en
Russie, je serais déjà dans une espèce de base
secrète où je passerais mes journées à jouer aux
échecs. Aux États-Unis, on m'aurait installé comme
un prince dans une technopole du genre Brain Val-
ley, avec que des fortiches comme moi. Mais en
France, les structures d'accueil, c'est pas encore ça,
il faudrait m'envoyer à Paris mais papa n'aime pas
trop ces trucs-là, il a dit qu'il serait bien temps d'y
penser après mon bac. Qu'est-ce que tu veux que
je fasse d'un bac, papa ? L'homme à la veste jaune
m'en a déjà donné trois ou quatre.

Surdoué, j'admets le terme, on n'en a pas d'autre,
mais faut se méfier de l'amalgame. C'est comme
en fac, on a d'un côté les scientifiques et de l'autre
les littéraires. Moi, je sais où je me situe, je me

débrouille pas trop mal avec les suites logiques et les équations, mais je plafonne assez vite. Je trouve pitoyable une baignoire qui fuit, et je n'aime pas l'idée qu'un nombre en appelle un autre, question d'esthétique. En revanche je suis beaucoup plus à l'aise avec les sujet dits « de réflexion pure ». La première fois, je me souviendrai toujours, on nous a montré un dessin qui représentait un type assis à un bureau devant un bouquin, et on nous a demandé : « Qu'est-il en train de faire ? » Ils s'attendaient sans doute à ce que je réponde : « Ce gars est en train de faire ses devoirs parce qu'il est studieux et qu'il ne veut surtout pas redoubler. » En substance, j'ai dit la première chose qui me traversait l'esprit : « En terminant un livre de Nietzsche, ce pauvre gars vient de réaliser que Dieu n'existait pas. Ébranlé dans sa foi, il décide de se suicider en laissant un billet qui commence par "Ô éternité, mon suaire". » Ce que j'aimais par-dessus tout, c'était le regard troublé du type à la veste jaune.

Bien évidemment, j'ai eu droit au psy. J'étais très intrigué à l'idée de cette rencontre. J'avais passé le mois d'août à voir mes parents barboter dans le clapotis de la Méditerranée pendant que, sur la plage, je venais à bout d'*Introduction à la psychanalyse* Quelque chose m'avait beaucoup plu dans ce bouquin, une espèce de croisade de la pensée occulte l'idée poétique que toute âme a son au-delà. Le psy m'a demandé un tas de choses sur mes parents.

C'était cruel de sentir toute cette gentillesse à mon égard. Oui, c'est vrai, j'en suis sorti les larmes aux yeux, j'étais affecté de quelque chose d'ordinairement monstrueux ou de monstrueusement ordinaire, et c'était comme ça.

Je n'aime pas pleurer.

Les copains ? Que dire... Ce n'est pas le mot. Amis, encore moins. Potes ? Non, c'est pas ça. Camarades de classe ? Ça oui, j'en ai. Beaucoup. Ils voient en moi une espèce de rempart ultime à la mauvaise note, voire un challenger hors pair à *Questions pour un champion*. Il est vrai qu'on m'achète facilement pour une poignée de Chamallows.

Je ne demanderais qu'à vous aimer, vous tous, si seulement vous arriviez à comprendre que je suis toujours un gosse même si je n'en suis plus un. N'ayez crainte, quand je serai grand je vais peut-être régresser et redevenir normal, il paraît que c'est le cas le plus fréquent.

Question communication, j'ai deux interlocuteurs. Il y a Roger, le radiesthésiste. La soixantaine rayonnante et le pendule en bataille. Parfois il dégotte une source, je l'ai même vu repérer un arsenal de guerre à six pieds sous terre. Les gens du coin l'aiment bien. Il faut dire qu'il a un charme fou. Je suis tombé raide d'admiration pour ce gars le jour où il a exhumé rien que pour moi sa trousse d'écolier qui datait de l'Occupation. Il l'a ouverte sous mes yeux, et dedans : un trésor. Un monticule de petits bouts de papiers griffonnés, chacun rece iant un mot, une phrase, une pensée profonde. Tout ça parce que, tout gosse, il était curieux de ce qu'il ne comprenait pas dans ce que disaient les adultes. Il notait, mot pour mot, des choses entendues ici et là en se disant qu'un jour, enfin, il saurait. Le trésor de tous ses mystères de l'enfance, il me le donnait. J'en dépiaute un et je lis : *Tonton a dit que tout plaisir que la main n'étreint pas n'est qu'un songe* Dans un autre : *Mémé bave et pépé la trouve si belle*. Je les ai lus un par un et j'ai été pris d'une sorte de nostalgie. Il y a si peu de zones obscures dans tout ce qui m'entoure.

La seconde, c'est Gaëlle. Elle a exactement mon âge, à deux jours près. Elle se précipite sur toutes les conneries que je n'ose pas faire. Je suis pantois de tant de liberté. On lui promet l'échafaud et je l'envie. Un jour, elle m'explique ce qu'est le couple. « Les gens vivent à deux, parce que si l'un d'eux tombe par terre, l'autre est là pour le ramasser. » J'ai eu beau lire les romantiques, les cartésiens et les psychanalystes, je n'ai jamais rien perçu d'aussi vrai de toute ma courte existence. Parfois, on s'embrasse sur la bouche. Elle s'intéresse à l'acte, moi au goût que ça a. Elle veut qu'on se marie quand nous aurons vingt ans. Je lui dis que, d'ici là, je serai vieux. Elle répond à un tas de choses qui me préoccupent. J'ai la fugace impression

d'être un homme et de correspondre enfin à mon
âge mental. Qu'est-ce que j'aime sa façon de lisser
sa jupe sur les cuisses quand il y a du vent ! L'autre
chose qui nous lie, c'est un vif intérêt pour les puz-
zles. Pendant que je passe un temps fou à segmenter
les arrondis et les angles pour isoler la bonne pièce,
elle prend la première qui lui tombe sous la main et
tape avec le poing pour l'emboîter de force. Poésie
pure.

J'ai lu dans un bouquin que les hyperintelligents
manquaient d'aptitude au bonheur. C'est sûrement
vrai, mais j'ai envie de répondre qu'on ne peut
pas être bon partout. Si l'on y réfléchit bien, j'ai
toute la vie pour être malheureux, à quoi bon être
précoce ?

Mais en attendant, qu'est-ce que j'en fais, de ce
paquet d'intelligence ? Je pourrais devenir une sorte
d'aventurier de la pensée, prostré dans un canapé,
mais à quoi bon ? À mon âge on s'ennuie vite. À
mon âge, on a envie de faire des farces. On a envie
de montrer qu'on existe, on a envie de s'amuser, de
faire des folies, de détourner l'ordre des choses.

Alors... ?

Alors, à force d'ennui, j'ai eu ce raisonnement
simple : si Dieu est un être supérieur qui poursuit
des desseins obscurs, si Dieu voit sans être vu, si
Dieu est le grand ordonnateur de la croisée des
destins, si Dieu s'attache aux naïfs et aux égarés,
alors JE suis Dieu.

Et depuis une petite année, dans notre bonne vieille bourgade, j'exerce mon divin ministère sans que personne y prenne garde. Ce n'est pas un boulot comme les autres, mais c'est un boulot quand même. L'autre Dieu, celui dont on parle dans l'Ancien Testament, s'est reposé le dimanche. Moi, certaines semaines, je ne peux même pas me le permettre.

À l'école, j'ai réglé en trois semaines tous les problèmes de racket et de dope grâce à une stratégie classique de renversement des forces et des faiblesses tout droit piquée dans le jeu de go. Le directeur est bien noté dans la hiérarchie (tout le monde croit à sa poigne de fer) et notre bahut est cité comme modèle dans toute la région.

J'ai écrit de très scientifiques lettres de menaces à un trust industriel qui était sur le point d'aménager une décharge à l'entrée du village. En deux mois l'affaire était réglée grâce à une simple adéquation entre chimie et journalisme. À la suite de quoi, notre maire a fait le deuil de ses ambitions toutes personnelles et a démissionné.

J'aime fourrer le nez dans les institutions mais je ne dois pas oublier les destins personnels. Dieu est partout. J'ai donné une idée de roman à un écrivaillon suicidaire. Le sujet était là, sous ses yeux, le plus délicat a été de les lui ouvrir sans qu'il s'en aperçoive.

J'ai réuni deux êtres qui ne demandaient qu'à se rencontrer. Parfois il suffit d'un rien, et les amou-

reux manquent souvent d'imagination. Aux dernières nouvelles, le fruit de leur union devrait naître en
juin. La justice voudrait que cet enfant porte mon
prénom.

J'ai ramené dans le troupeau une brebis égarée
mais j'ai aussi fait un croc-en-jambe à une petite fri-
pouille. Parfois je suis terrible, parfois clément, et
faire la part de tout ça n'est pas une mince affaire.

Le plus souvent je me sens seul.

Mais je sais qu'un jour je reviendrai parmi les
miens. Ce jour-là, ils me regarderont comme un des
leurs.

Et si Dieu existe vraiment, et que Son royaume
est ouvert aux simples d'esprit, j'espère qu'Il me
fera une petite place quand même.

NOTICE BIBLIOGRAPHIQUE

Les nouvelles suivantes ont déjà été publiées : « La boîte noire » aux Éditions Rivages/noir, 1997 ; « Si par un jour d'été un sédentaire » dans *Les Vacances*, Éditions Presses Pocket, 1993 ; « Le 17 juillet 1994 entre 22 et 23 heures » dans *Douze et amères*, Éditions Fleuve Noir, 1998 ; « Bobinages » dans la revue *Nouvelle Donne*, 1997 ; « Opportune » dans *Le Nouvel Économiste*, 1997 ; « Un temps de blues » dans *JazzMan*, 1998 ; « La pétition » dans la revue *Takoussan*, 1994 ; « La volière » et « Q.I. » dans la collection Page Blanche, Éditions Gallimard, 1995 et 1996.

DU MÊME AUTEUR

Aux Éditions Gallimard

LA MALDONNE DES SLEEPINGS (Série Noire, *n° 2167*; Folio Policier, *n° 3*).

TROIS CARRÉS ROUGES SUR FOND NOIR (Série Noire, *n° 2218*; Folio Policier, *n° 49*).

LA COMMEDIA DES RATÉS (Série Noire, *n° 2263*; Folio Policier, *n° 12*).

SAGA *roman,* 1998. Grand prix des Lectrices de ELLE 1998 (Folio *n° 3179*).

TOUT À L'EGO, *nouvelles* (Folio *n° 3469*).

LA BOÎTE NOIRE et autres nouvelles. Textes extraits de *Tout à l'ego* (Folio, *n° 3619*).

LE CONTRAT. *Un western psychanalytique en deux actes et un épilogue (Le Manteau d'Arlequin, nouvelle série).*

LA BOÎTE NOIRE. *Illustrations de Jacques Ferrandez (Futuropolis/Gallimard).*

QUELQU'UN D'AUTRE, *roman.* Grand prix RTL-Lire 2002, (Folio *n° 3874*).

QUATRE ROMANS NOIRS (Folio Policier, *n° 340*).

MALAVITA.

Aux Éditions Rivages

LES MORSURES DE L'AUBE (Rivages/Noir *n° 143*).

LA MACHINE À BROYER LES PETITES FILLES, *nouvelles* (Rivages/Noir *n° 169*).

Chez d'autres éditeurs

L'OUTREMANGEUR. *Illustrations de Jacques Ferrandez (Casterman).*

CŒUR TAM-TAM. *Illustrations d'Olivier Berlion (Dargaud).*

Composé et achevé d'imprimer
par la Société Nouvelle Firmin-Didot
à Mesnil-sur-l'Estrée, le 20 septembre 2005.
Dépôt légal : septembre 2005.
1er dépôt légal dans la collection : janvier 2001.
Numéro d'imprimeur : 75688.

ISBN 2-07-041708-5/Imprimé en France.

140123